敬斋

当代古典体诗词丛刊

茅于美词集

茅于美词集

上

茅于美 著

岳麓書社·长沙

於美词稿

夏承焘题

茅於美词集

缪钺题签

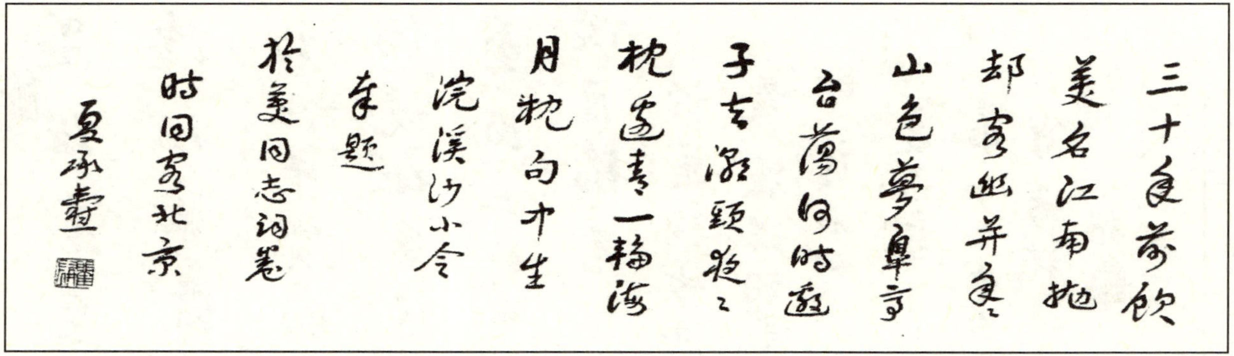

夏承焘先生题词手迹（一九七七年）

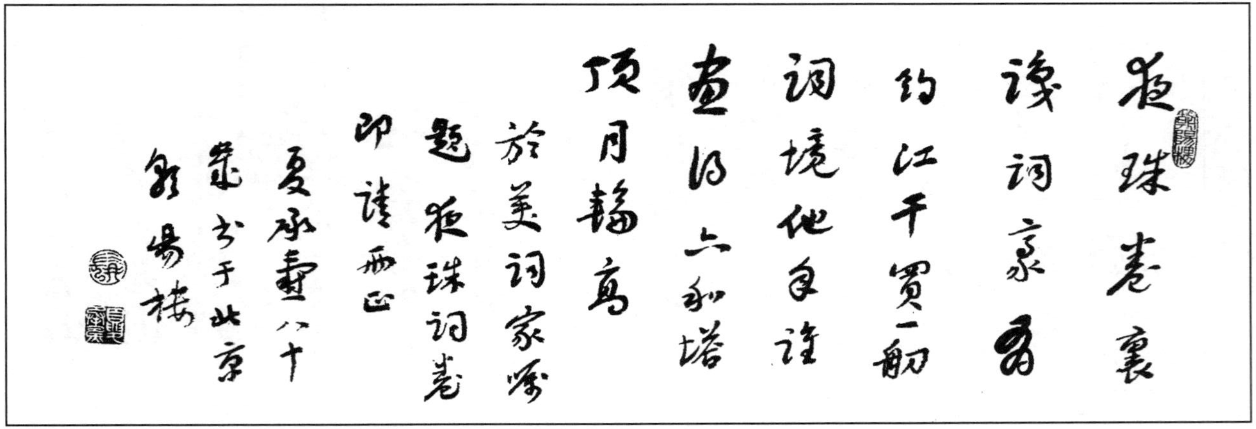

夏承焘先生题词手迹（一九八〇年）

题於美词稿

能從舊體發新思，此是人間絶妙辭。格調不論南北宋，芙蓉出水即清姿。

卅年風格變真純，寫出神州面貌新。漱玉才情多局限，積薪何必遜前人。

缪钺 一九七七年八月

點絳唇

題於美英譯李清照詞

彩筆凌雲，能傳千載芳馨意。仙葩奇卉，移植新園地。九畹滋蘭，應記當年事。新世紀，鵬飛萬里，天半紅霞起。

缪钺题

缪钺先生题词手迹

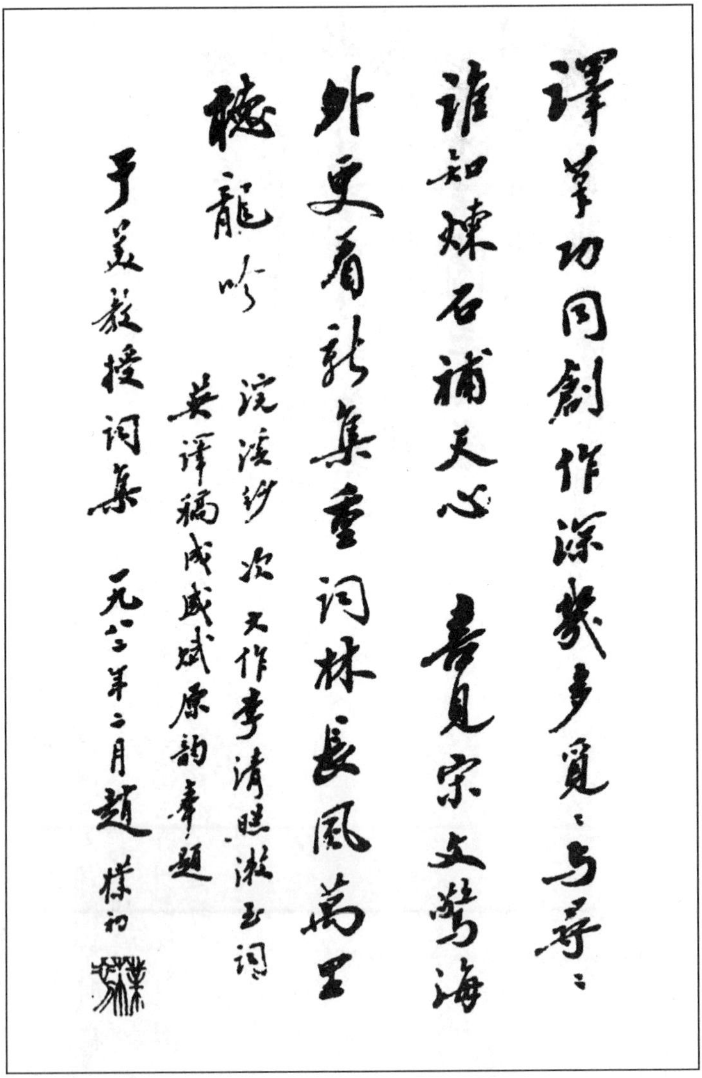
譯筆功同創作深，幾多覓覓與尋尋，誰知煉石補天心。
喜見宗文驚海外，更看新集重詞林，長風萬里聽龍吟。
浣溪沙 次 大作李清照漱玉詞英譯稿成感賦原韻奉題
予蕙教授詞集
一九八二年二月 趙樸初
赵朴初先生题词手迹

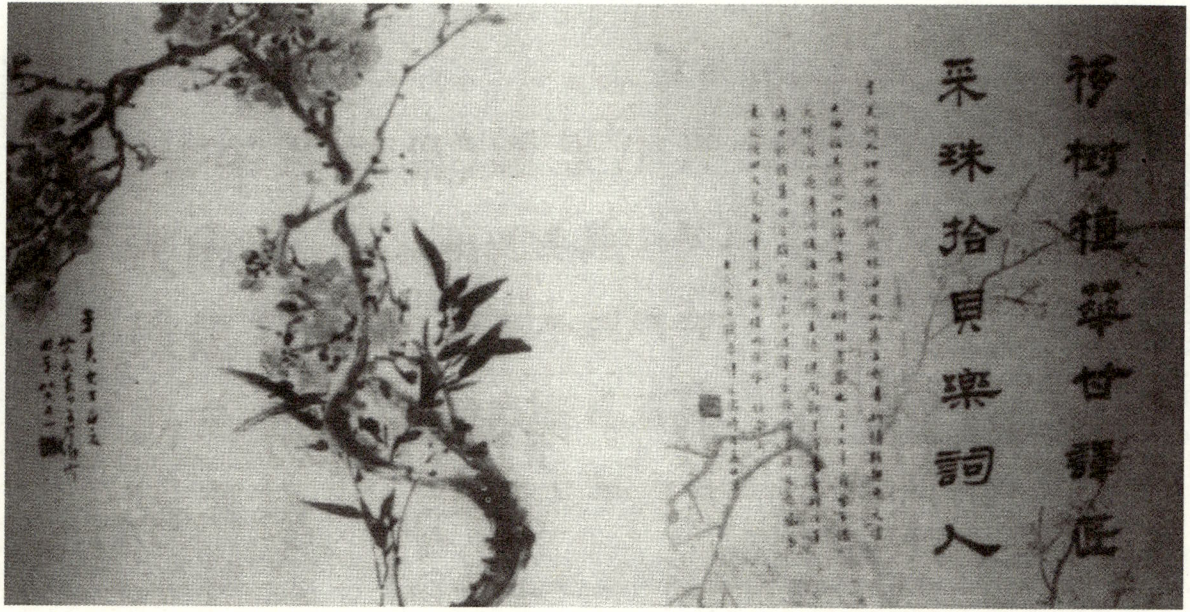

许宏儒先生题词手迹

作者像（一九五八年八月摄于北京）

作者像（一九六二年）

作者像（一九八一年摄于北京）

作者像

于美、于璋、于冬、于燕合影
（一九四三年摄于贵州）

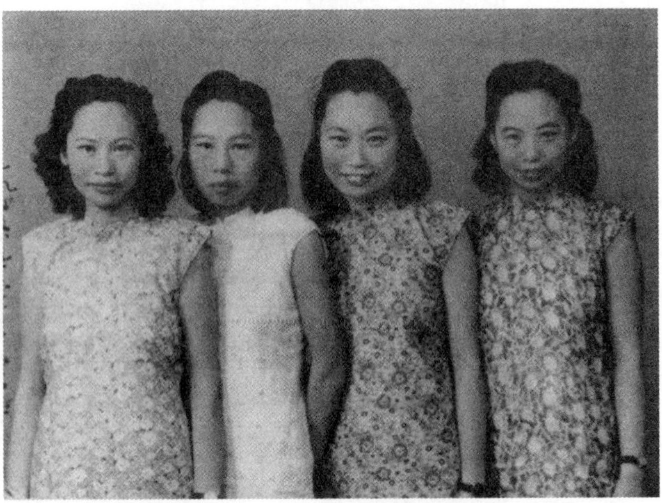

于美、于璋、于冬、于燕合影
（一九四五年抗战胜利日摄于贵州）

作者双亲合影（一九五九年摄于北京）

作者一家合影，左起：长女依协、茅于美、儿子安泰、徐璇、次女娅平（一九七一年十一月摄于北京）

茅于燕、茅以升、茅于美合影
（一九七四年九月十三日摄于北京）

茅以升像
（一九八二年摄于北京）

夏承焘先生暨吴闻夫人合影

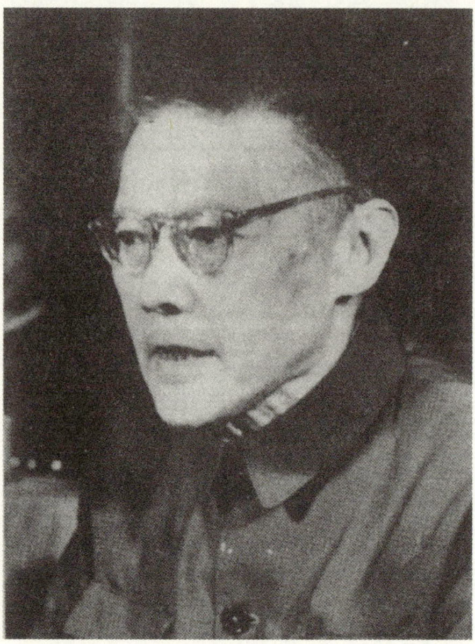

缪钺先生像

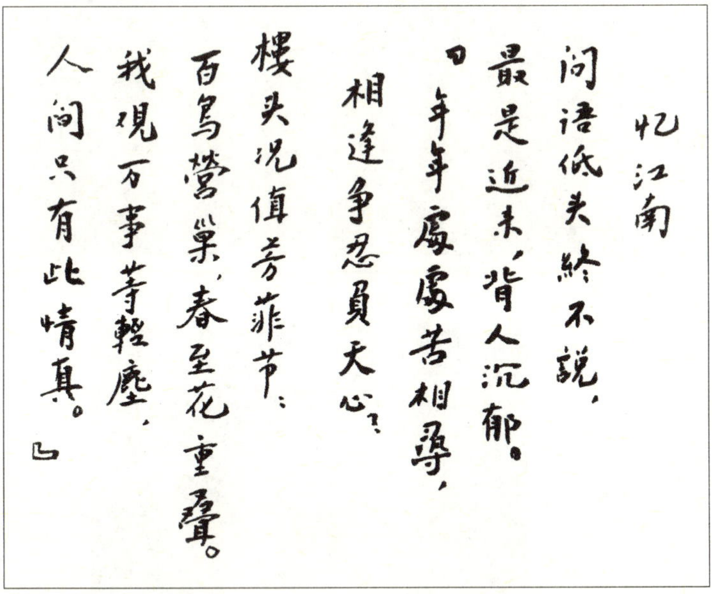
忆江南

问语低头终不说，最是近来，背人沉郁。年年处处苦相寻，相逢争忍负天心？

楼头况值芳菲节：百鸟营巢，春至花重叠。我观万事等轻尘，人间只有此情真。

作者手迹

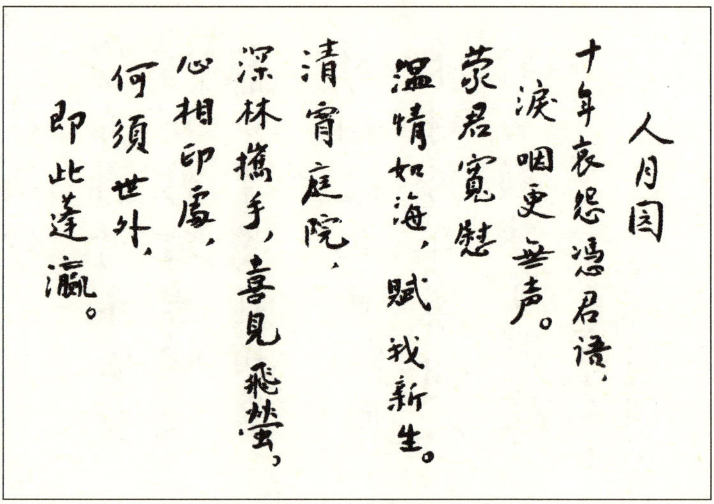
人月圓
十年哀怨憑君訴，
淚咽更無声。
蒙君寬慰，
溫情如海，賦我新生。
清宵庭院，
深林攜手，喜見飛螢，
心相印處，
何須世外，
即此蓬瀛。

作者手迹

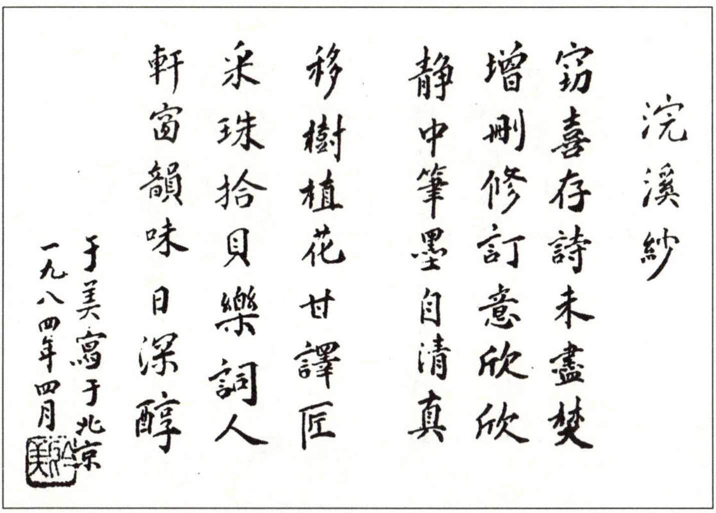
浣溪紗
窃喜存詩未盡焚
增删修訂意欣欣
静中筆墨自清真
移樹植花甘譯匠
采珠拾貝樂詞人
軒窗韻味日深醇
于美寫于北京
一九八四年四月

作者手迹

缪序

镇江茅君于美，茅唐臣先生（以升）之长女也，幼承庭训，勤敏好学。一九四〇年秋，来遵义浙江大学肄业于外国文学系。时余方讲授唐五代两宋词。君雅好倚声，时来问业，每有所作，余辄为之商榷得失。数年之中积稿一百余首，取名《夜珠词》。虽内涵未广，而情思真淳，谨守韵律，如山中泉水，流为曲涧清溪；虽无壮阔之观，而有澄澈之致。一九四五年刊行，余曾为撰序。茅君于一九四三年夏卒业于浙江大学，考入清华研究院，专攻英国文学。抗日战争胜利后赴美国留学，得华盛顿大学文学硕士以归。先后在出版总署、社会科学院属文学研究所、北京师范学院、中国人民大学从事欧美文学之翻译研究与教学工作。

君自涉世以还，多历变故，所作词遂较昔日为发抒，颂新政之清明，哀沉痛之浩劫，而笃念天伦，尤为肫挚。虽亦时以新作寄余，但商榷韵律之业亦稍疏矣。三十余年中，得词若干首，取名《海贝词》，将与《夜珠词》合为一集，曰《茅于美词集》，余复为述其颠末如此。

夫词之为体，与诗相近而又不尽同。王静安（国维）先生谓：『词之为体，要眇宜修，能言诗之所不能言，而不能尽言诗之所能言。诗之境阔，词之言长。』斯言得之。晚唐五代人词，多作于酒筵歌席之间，为绮靡缘情之什，故婉约馨逸，形成传统。下逮北宋，名家辈出，内涵日广，风格多变，至东坡、稼轩而造其极。词遂由应歌之辞而变为言志之具，论其作用，上比风骚。然东坡琼楼玉宇之篇，稼轩烟柳斜阳之什，一则旷远，一则激壮，而同归于浑融蕴藉，意味渊永，未尽违于词之传统特质，盖过此则失其所以为词矣。今茅君以旧词体歌咏新事物，发抒新情思，而犹能大体不失长短句固有之风味，斯亦可以观矣。茅君研治欧美文学，曾以英文诗体译李易安《漱玉词》，拟使中夏奇葩，扬芬海外，并将与国外学术界取得联系，致力于中西文学比较之研究。他山之石，可以攻错，行见其所业之日进也。

一九八二年五月，缪钺写于四川大学历史系。

茅序

一九四五年二月，抗日战争的胜利前夕，长女于美的《夜珠词》在重庆出版。所作『芳悱凄妍』，多『兰成萧瑟之感』。那时她年方二十五岁，在昆明清华大学修毕外国文学系研究生学业。一九四七年赴美，进修英国文学。一九四九年，欣闻国内解放，偕爱人徐璇于一九五〇年在各种阻挠中，奔回祖国，参加建设。迄今二十八年来，工作勤奋，为了改造思想，曾下厂上山，并投身『五七』干校。同时将依协、娅平二女及幼子安泰培植成材。目击祖国兴盛，家庭圆满，迸发出的爱国热情，不由地流露于业余的诸种创作。

现在，她将自己数十年的词作，经过汰选，辑成《茅于美词集》。

这本起自一九三七年凡四十年的诗词稿，纪录了于美在生活和思想上，从纷扰苦闷到安定舒畅，从小天地到广阔天涯的奋斗历程。经过洗炼，文字虽似平淡，而意内言外，读来沉郁含蓄。留赠家人各首，都充满了温暖勉慰的情怀，仿佛见其和颜笑语。寄怀儿女诸作，寓策励于慈爱之中，就眼前景物，指点方向，攀登高峰。回忆我幼年，徒知奋步青云，暗中摸索，饱经世患，不期而有悲天悯人之感。如《夜珠词》所作序言中，痛伤战后劫灰，强调了真善美情感的新意境。何幸年过半百，终见光明，在马列主义思想的教导下，与众儿女同获新生。虽憾青春不再，喜见接替有人，奋进勤劳，后先辉映。于美词稿，有此生活源泉，行将取之不竭。为了欣赏她新旧词之蜕变，并略记其苦心孤诣的收获，留此序言志庆。

茅以升

一九七七年六月于北京南沙沟

自序

我在读初中的时候，爱好文学，特别喜爱『五四』以后的新文学作品和翻译过来的小说。抗日战争开始，我随家人自杭州内迁，辗转于长沙、桂林等地。我当时是个高中一年级学生，在颠沛流离中无法升学。那时书籍难得，只好借到什么就看什么。随身带来几本古典文学的书，经常翻读。在乱离之间，杜甫、白居易、李清照、黄仲则、纳兰容若的诗词尤使我心折，每每吟诵忘倦。有时随意写作，投报刊发表。

一九三八年，我以同等学力的资格，在桂林投考了西南联合大学的中国文学系，远赴昆明就读。西南联大是由当时北方的三所大学即清华大学、北京大学和南开大学南迁联合举办而成立。三校名师荟萃，擅一时之胜。他们纯朴的治学态度，海人不倦的谆谆教导，使校园内学术空气浓厚。学校政治气氛活跃，当时有『西南民主堡垒』之称。联大内迁，物质条件极为艰苦，但同学们勤奋好学，诵读不辍。在专业学习上，我聆听了朱自清、闻一多、浦江清、冯至、闻家驷、潘家洵、杨业治等先生开的课程，使我思想上受到极大启迪。这几位教授分属于中国文学系和外国文学系，全是学贯中外，博古通今的专家学者，著述均极丰富。他们常说文学不要分中外，中文系和外文系的学生应该打通两系的界限，自由选读，才可博采中外古今之长，不可株守一隅，束缚了自己。这种观点对我以后的为学道路有很大影响，所以去联大读到二年级，我就旁听外文系的课，学习德文、法文和拉丁文。

一九四○年暑假，我回贵州平越县（今福泉县）探亲。那时我父亲在唐山交通大学任校长，我家随交大内迁到平越县。这年夏天，我忽然发现得了轻度肺结核，在家休养了两个月后，检查病情初步稳定，但已误了开学日期。那时昆明屡遭日机轰炸，家人不再放我远行。适值浙江大学也内迁来贵州遵义，离家较近。我便抱着试试看的心理，想着万一病再发作，回家休养也容易，这样，我就转学浙江大学。既然误了开学日期，我自愿重读二年级，索性转入外文系，实现我学文学莫分中外的想法。我在浙大三年，除了读满外文系的全部课程之外，还选读了中文系的『词选』『杜诗』等课。

当时竺可桢校长主持浙江大学（今杭州大学），在抗战艰苦的环境中，提倡『实事求是』的谨严校风，培育人才，效绩显著。英国的李约瑟博士曾将浙大比做英国的剑桥大学。我在浙大外国文学系就读三年，受到很大教益。梅光迪先生任文学院院长，授英国散文课。郭斌和先生授希腊、罗马文学，黄尊生先生授法国文学，佘坤珊先生授英国文学……诸位先生，学识宏达，对我的面教和鼓励，至今难忘。这里尤应一提的是缪钺先生。他开中国文学课，我选修他的『词选』。他治学谨严，一丝不苟，讲解诗词，引人入胜。他喜读英诗，曾和我评论过十九世纪英国女诗人罗色蒂等人的抒情诗，又善于把西方诗人与我国诗人作比较，使我如同走进一个优美的诗国。课余，我往缪先生处求教。先生教导我博览中外的文学、历史、哲学等书籍，精读深思，培养襟怀。先生见我对中国古典诗词的兴趣浓厚，却又是个外文系的学生，不免对我寄予很大希望。在我毕业时，曾送我一首长诗，内有句云：『但须勤耕耘，秋晚粟盈庾。莫望三神山，终生立海浦。君性喜声诗，贵自辟门户。远西有奇芳，何以移中土。』（《一九四三年赠于美弟卒业》）。先生告诫我读书要广博，学识要深厚，始能言之有物，而不要沉浸于单纯诗艺的技巧中。所以在一九四二年，他为我做的词序中就谆谆教导我说：『所望清晖四照，博涉无方，植根日深，拓土自远。易安孤秀，宁止词人。班昭多闻，爰续汉史。启文运之新境，树嘉誉于无穷。……』自今怀思，实深惭愧先生对我的殷殷厚望。高山仰止，虽未能至，心乃向往之。

一九四三年，我自浙大外文系毕业后，又赴昆明投考清华大学研究院外文系，被录取为研究生。那时清华大学是综合性大学。我的导师是吴宓教授，此后我便专攻英国文学，在中西诗歌比较方面，写出一些论文。

一九四五年，《夜珠词》在重庆刊行，我在词体的思想艺术方面的创新尝试受到一些读者的注意，给我精神上很大鼓励。所以此后三十余年，我陆陆续续地在写。前些年，词这种文体已被称为不合时宜的『谬种』，写的人也极少。

《夜珠词》问世迄今已有三十余年，朝花夕拾，于今积累又得词约二百余首。这中间记载了我赴美国学习，致力翻译研究工作，建立家庭，获得学位和回国工作的曲折历程。这段时间的词作取名为《海贝词》。因为这些作品如海潮退落后的贝壳，我是从沙滩上拾回来的。我写了一首题为《海贝》的新诗：

回忆的潮水，
一层层涌来，
又一层层退去，
在平坦而柔软的沙滩上，
留下了许多珍贵的贝壳！
坚硬、纯洁、光彩夺目。

我另用词体写了一首《蝶恋花》，描述这沙滩遗贝，期待行人拾取的心情：

便道孤贞终不负，争便江头，抵过潮吞吐。海内狂飙掀怒雨，滔滔尽逐洪波去。
潮退沙滩余蚌数，暖日融融，犹自濡乾苦。遗壳存珠心血铸，留连俯拾期行旅。

若说《夜珠词》是个人早春的花朵，那末《海贝词》可说是晚秋的果实了。词是有生命力的，看我们如何研究它，利用它。在这旧体词的小小园地里，我借鉴中西诗歌抒情的技巧，来表达自己的思想感情，开拓词体的新意境，几乎不觉得它那谨严的格律对我有多大的约束力。我另有一本尝试之作，名为《移植集》。在这部诗集中，我有用写英文诗的方法来翻译中国名家词的。这里有英译的李清照的词，几乎包括她的全部词作三十四首。此外零星译了韦庄、李后主等人的小词，还有一些用中国词体来译英国小诗的，如用《卜算子》词调译英国十七世纪诗人赫立克的抒情小诗的，用五言古诗译拜伦和华兹华斯的短诗的。一切好诗都是自然情感的真实流露，国土的畛域有时可以打通的。在文学上比较文学是个值得研究的课题。

我的父亲是搞桥梁工程的。他的兴趣极广，对文学也十分热爱，曾写过英文剧本，发表过很多文学趣味浓厚的科学普及文章。他还作过旧体诗，气魄雄伟，笔力遒健。他每晚睡前习惯地必须读一些文学名著才能入睡。一九四五年，他曾为《夜珠词》写过一篇序。一九七六年十月，『四人帮』粉碎后，百废待举，万象更新，文艺界百花齐放，万紫千红，各擅奇姿。我的微微心焰，竟又在残烬中重新燃烧起来。一九七七年重新整理词稿，编成《海贝词》。他老人家看了这本芜作，兴会淋漓，提笔为它作了序。我以为父女间知音，人世间难得。在我为他而写的《手抄蕙君年谱》两首七律（一九七四年）中曾有两句：『百年如此人间少，何幸相依过半生』，颇足描绘我对他老人家的感情。这次再写一首七律呈父，也可算是一段有意义的纪念：

刊罢夜珠卅二年，沧桑翻覆几回旋。

春花梦里迷人艳，秋果庭前照眼鲜。
笑语娱亲慰白发，挥毫勉我惭箴言。
韶华此际浑堪数，留取芳馨故纸间。

我的词作，承蒙缪钺老师经常指点，一九四五年他为《夜珠词》写过序，又常告诫我重视词律，作过一些订正。又蒙夏承焘、赵朴初老先生为词集题诗写词，关怀奖掖，情见乎辞。在此一并致谢。

茅于美

一九七七年写于归来堂

一九八二年五月修改

一九八四年四月修订于北京中国人民大学

目录

夜珠词

海贝词

海贝词续集

夜珠词

夜珠词序一

夜珠词，镇江茅君于美之所作也。君深于哀乐，好修为常，幼嗜倚声，时有俊语。一九四〇年岁季，来学遵义，问字于余。余授以观生体物之方，意内言外之旨，诵远西之诗歌，明天人之高致。君触隅善悟，澄照多知，蝉蜕埃尘，凤翔霄汉，所作芳悱凄妍，顿臻异境。余珍赏其才，以为千秋旦暮之遇。马融授学，喜康成之能传；永叔衡文，叹东坡为可畏已。或谓君甫逾陆机作赋之年，而多兰成萧瑟之感，以言福泽，似非所宜。余谓睿识灵心，超世独立，有先知之哲，有难解之情，视荣华如浮云，齐百年于一瞬，称心而言，悲天悯物，固不可以流俗之见衡之也。君芝英初茁，玉映犹新，千里之行，方始跬步。所望清晖四照，博涉无方，植根日深，拓土自远。易安孤秀，宁止词人；班昭多闻，爰续汉史。启文运之新境，树嘉誉于无穷。殖芳九畹，愿永尽其殷勤；听曲识真，庶无惭于牙旷。

一九四二年春日，溧阳缪钺于遵义浙大。

夜珠词序二

在抗战的初期，长子于越译的《科学的故事》出版，曾为他写了一篇序。今在胜利的前夕，长女于美的《夜珠词》付梓。八年烽火，受够了科学的荼毒，这本文艺作品，应是带来和平了！

战争是科学的事，防止战争，却不能专靠科学，以战止战的学说，历史上早就证明失败了。人类的情感，最难受理智的支配，若要以理化情，还不如以情化情，尚有精神感召的力量；因此文化愈悠久的国家，其人民的情感愈醇厚，我国人之所以爱好和平，便是以情化情的结果。

可是从民族生命而言，一味偏重情感，是有危险的。我们所以提倡科学，正是要使情感受理智的约束。因为真善美的情感，是理智所欲达到的一种境界，而成为科学的崇高理想。科学的产物，虽不一定都能引起真善美的情感，但真善美的情感，却是推动科学的唯一原动力。在人生美化的世界里，科学是不会为战争所利用的。因此我们要靠科学的成就，来矫正一切不合真善美的情感。

同时我们要以国家整个文化的力量，去洗炼情感，调和情感，使他日进于真善美的界境。这里面，那伟大的文艺作品当然是主要工具，而文字更是文艺的前锋。

慷慨激昂的文字，只能显出人间的反面，惟有情真意切的诗歌，才是人类心灵的写照，才是滋润人生的甘泉。杜甫《石壕吏》的感动力量，不敌李后主的『流水落花』，是明眼人所能见得到的。

天地有正气，人间有灵心，这本小小的《夜珠词》，虽是一个人的灵心写成，但其曲折细微处，却蕴蓄着宇宙众生的烦恼，使人读了，引起悲天悯物的宏愿，激动真善美的情感。在《科学的故事》里，这种宏愿，这种情感，创造了近代的文明。

茅以升

一九四五年二月廿二日于重庆

夜珠词自序

一个作家，一定要创造一些有生命的美丽的东西。诗人的义务，并不在创造自然，而是在敢于替人类的居所，打开一些能透进阳光、空气、花香、鸟语的窗户，而确实使人们感知那些生活中日常琐事的蒙蔽，而确认生命是真的，是善的，是美的。

这或是颠扑不破的真理，或是自我的偏见，我始终认为艺术与人生，是不可分开的，二者的关系，应该是一而二，二而一的。至高的艺术应该是人生真实的写照，而人生也应该是一件精美的艺术品。前者可以电影中卡通圣手华特·狄斯耐的画面为一例，后者则庄子庖丁解牛的寓言可以解释。由于天性里固有的需求，又由于幼年失掉了学音乐，学绘画，学戏剧的机会，我接受了文字这艺术中最笨拙的工具，在我常引为遗憾。

诗应该是音乐的，这是我的信条。因此，诗应该有谨严的规律，在极端谨严中，能创造极端自然，才是创造的最高境界。『从心所欲不逾矩』应是艺术家的真精神。

词是诗的一体，也是古诗中之精粹，可以说它是诗中之诗。因为词的语言，是一种比较简练而不失其单纯自然的白话。雪莱、梵乐希，及其他诗人，都证明由韵生意的机会很多，可见音韵并非诗魂的桎梏。至于词体有长调、小令的差异，正是词体之特长，作者尽可选定一个正和他情境贴切的形式去填写。在这里我并不是为词辩护，我只是想把文学上古今中外的畛域打破，而在艺术的领域里，作家应该为自己寻找一个最合个性的方式。

这里我简单叙述我填词的动机，《夜珠词》填作的甘苦，并替它加点注解。

记得第一次认识词，是刚上初中的时候，偶尔看见语文课本上，印着长短不齐的句子，轻快地流露出悱恻哀怨的诗意，幼稚的心灵，发觉那无端悲愁的情绪，有了寄托，直快乐得蹦跳，仿佛济慈第一次读到荷马的译诗而狂喜，而心醉。觉得这正是我理想的诗意的最自然的吐露，后来才知道那就是所谓词。从此诵玩无斁，课余填试，《夜珠词》中只保存了从《减字木兰花·清溪照影》到《少年游·灯昏衫袖》这几首。这时期的词，有许多是随作随丢，无法收集的，也有些是故意删去的。这些初期作品，显然的免不了有填凑的地方，但常有一两句真能表达当时心情，反是后来有意也写不出的。例如：『暮云侵碧树，摇落意重重』（《临江仙》），『花影扶疏，虫声凄切，帘外数星西』（《少年游》），都是显例。至于全篇都还自然生动且稍有韵味的，只有《减字木兰花·清溪照影》和《竹香子·山黛浓云梳裹》了。

一九四〇年秋，因为时局关系，从国立西南联合大学转学到国立浙江大学外国文学系。因为我对于诗词的爱好，便常去旁听中国文学系的课程。那时缪彦威（钺）先生授词选。由于他对诗词高深的造诣，和讲解的细心，使我对词的了解和爱好，更深一层。以后他更不辞辛劳的课外指示我词体的特质，和作词的方法。我所以学词，强半是受缪先生的影响。『就是词，又有什么关系呢？只要它能贴切地表达我的意情！』因此，这半年我暂丢弃了新诗创作的企图，姑且以词体当作新诗体来研究，来填作。这时我几乎是废寝忘食，刻意作词。从《卜算子·帘外露华寒》到《鹊桥仙·不言不语》共四十六首，都是显例。时间是从一九四〇年十一月到一九四一年七月，这一时期可说是为词而作词的阶段，用字造句，常逃不出古人的窠臼，甚至寒缸、绣阁、麝烟、香篆等字面也常被用到。但整首词的意思，还是注重在写出个人的情思。我自己还喜欢《桃源忆故人·小桃风绰飞蝴蝶》、《锦缠道·燕子飞来》，以及《桃源忆故人·但教留得清欢住》等几首。

后来读作渐多，词乃变成我抒情的工具，心有所感，不得不写，于是进入为写情而作词的第三个阶段。体验人生，欣赏自然，使我对于中外文学的了解，更深一层，我便竭力把自己的观感放到词里去。从《一斛珠·怨怀无托》到《虞美人·失群应似高飞雁》，共六十首，都可划入为这时期的作品。时间是从一九四一年八月到一九四三年五月。这六十首词，大半都在写梦想幻灭的悲哀，和追求光明的迫切情绪。

每以云、雾、风、雨等，作为人生黑暗一部分的象征，而以荧光、明月、花香等，作为人生美好光明的代表。例如：『天末层云长惨咽，不见青天，争见盈盈月？从古乌鸦憎白雪，人间黑白何须说？』（《蝶恋花》）『宵来无意立松坡，但觉丝丝凉意透心窝。』（《虞美人》）等，都是描写对世人爱憎分明，特立独行而感到的孤冷之情。再如：『何以度？兀自昼长如故，多少隔窗欢笑语，拈来无是处。』（《谒金门》）『良辰美景纵无多，那便寂寥今夕？』（《满宫花》）『金茧层丝蚕自吐，犹解化蛾飞去。』（《清平乐》）现实既令我失望，而由理想的破碎，更深深感到人生的寂寞凄清，这种情绪无法排遣，只好把词作为发泄的工具了。无可奈何之际，反更宝爱世界中那偶然闪现，忽而消逝的真与美。如：『明月不来虹彩散，晚风初散露华凝，今宵独解惜流萤。』（《浣溪沙》）『手抚空枝相顾惜，才得心闲，花事如何歇？美景难逢交臂失，寸阴弹指多虚掷。』（《蝶恋花》）这些词的意境，都比以前的高。

第四个阶段，包括离开大学和到昆明读清华研究院一年多的作品。从《浣溪沙·桃李芳菲曲径深》到卷末，共约三十余首。时间是从一九四三年六月到一九四三年尾。这时期的特点，是字里行间充满了李义山的『只是当时已惘然』的情绪。对着茫茫未来，既感到疑惧，便不免对那已逝的往事，在怀忆中，十分依恋起来。迫于切身强烈的哀乐，这些作品立意更深刻，意味更醇厚，词的技巧也进步了些。例如：『细蕊吹香迷蝶梦，彩霞流影上衣襟，徘徊空解惜分阴。』（《浣溪沙》）『人生过境难回顾，哀乐追怀旋失故。』（《玉楼春》）又如《忆江南》（楼上寝）、（人散尽）、（心上事），《浣溪沙》（雨后落花委地轻）、（往事无端忽怨伊）等等，都有些回波荡漾的意味，并且意境和词调，都配合得恰好。

其实，情感原是模糊的，不易分析的，以上的四个阶段也不过是勉强划分，用以便于叙述一点写作的经过而已。

《夜珠词》原名《灵珊词》，卅二年冬改今名，用宋之问句『不愁明月尽，自有夜珠来』诗意。

本书付印，承王镂冰先生设计，许宏儒先生经理，刘绍祖先生缮校。谨此志谢。

一九四四年冬，茅于美自序于昆明清华研究院。

减字木兰花

清溪照影，日暮波寒风不定。薄袖轻衫，
步起平沙红蓼间。　深林伫立，满地啼
蛩人寂寂。摘得山花，晚雾迷濛一径斜。

一九三七年深秋，自杭州随家西迁，避难长沙，乡居时作。

关河令

素娥青耿渐向晚[一]，变一庭霜冷。伫听秋声，惊乌栖未定。风轻月皎人静，但玉臂、清辉相映。远桂香飘，更深闻漏永。

一九三八年秋，作于桂林。

校记：

[一] 香港广宇出版社一九八三年版《茅于美词集》（以下简称为香

港广宇版）作『素娥青耿，渐向晚——』，该版中句、豆、韵标法多处不合常例，又多用感叹号、分号、破折号，如本词下片标作『风轻，月皎，人静』，下一首《菩萨蛮》起首即标作『云低，烟寂，群山黑；秋高，露重，尘衣湿』。湖南人民出版社一九八五年版《茅于美词集》（以下简称为湖南人民版）中，对上述不合常例处多已修订，本次重新编订出版时，参考上海古籍出版社二〇一四年七月版龙榆生著《唐宋词格律》校订，不再逐一注明。

菩萨蛮

抗战后，余家卜居贵州平越。一九三九年九月[一]，自昆明归省。车抵马场坪，更乘滑竿[二]独返。日暮天寒，萧然有感。

云低烟寂群山黑，秋高露重尘衣湿。风急烛光微，银蛾扑面飞。栖乌惊草木，路入吴江曲①。胆怯指如冰，驿桥人语轻。

注：

①吴江：吴江近平越城，为盗贼出没处，行人怯步不前[三]。

校记：

［一］香港广宇版作『岁之九月』。

［二］香港广宇版作『肩舆』，湖南人民版作『滑杆』。按此旧式交通工具一般以长竹竿制成，俗称滑竿，故编辑改作『滑竿』。

［三］香港广宇版作『为盗薮』，下文为湖南人民版所增补。

减字木兰花[一]

锦章玉句，展诵低回终不语。懒上秋千，辞说衣单怯晚寒。

愁眉秀月，丹桂香来清欲绝。独坐黄昏，拈管裁篇有泪痕。

校记：

[一] 香港广宇版有此词，湖南人民版无此词。

临江仙

秋意

林叶殷红犹未遍，闲庭寂寂花空。轻罗小扇怯西风。暮云侵碧树，摇落意重重。拈管裁篇无意绪，高楼欲上还慵。轻愁一缕上眉峰[一]。黄昏谁是伴，微雨暗帘栊。

校记：

[一] 香港广宇版作『新愁旧恨锁眉峰』。

竹香子

山黛浓云梳裹，树底西风惊过。落花闲逐雨声来，点洒纸窗破。　狼藉扑书斋，簌簌余香堕。今宵喜得伴灯花，灯火方无那。

少年游

灯昏衫袖，风梳鬓发，独坐织寒衣。罗帐低垂，锦书零乱，新月照眠迟。

频移枕愁浓梦远，惆怅味来诗。花影扶疏，虫声凄切，帘外数星西。

阮郎归[一]

秋千舞困落花飞，轻尘污蝶衣。春寒未减恨依依，闲看日影移。　香雾重，绣帘垂，绿窗梳洗迟。远山螺黛妒娥眉，愁多空自知。

校记：

[一] 香港广宇版有此词，湖南人民版无此词。

卜算子

帘外露华寒，帘里炉烟细。庭院风清乳燕来，认取年时意。衔尽洛城花，思遍留春计。肯惜斑衣辗作泥，记得窗前泪。

玉楼春

灯前滴尽真珠泪，细算浮生轻一醉。月明春梦有情归，柳暗车尘无那坠。人间犹驻寻芳屐，云外空留琼玉佩。红笺淡墨忆时心，恨眼愁波楼下水。

菩萨蛮[一]

灯前乍觉韶光促，酒醒细把春阴数。残烛惜余辉，照人泪又垂。天阶云弄影，桂蕊香初定。梦断绣帏开[二]，微风无那来。

校记：

[一] 香港广宇版有此词，湖南人民版无此词。

[二] 帏，香港广宇版误作『忭』。

更漏子[一]

麝烟长，香篆细，珍重玉炉深意。晓雾薄，夜霜明，轻寒暗画屏。　星河转，漏声远，惜取今宵河汉。眉黛绿，烛花红，还如一梦中。

校记：

［一］香港广宇版有此词，湖南人民版无此词。

南柯子

云外星初转，人间路未期。罗衣泪重思依依，坐觉幽斋无绪意无迷[一]。酒醒情犹恶，愁来只自知。归鸿声断月华迟，独倚栏杆待得许多时。

校记：

[一] 香港广宇版作『寂寞深闺无语理残眉』。

临江仙

梅里已知春信至，凭栏忍数年期。闲吟夜夜卸妆迟。残宵灯尽[一]处，斜月句来时。

剔罢寒缸欢意少①，碧云暗度山陲[一]。起来无语掩罗帏。明朝风雨恶，愁见落花飞。

注：

①寒缸：抗战时内地县城电灯不普遍，浙大时在遵义办学，学生用瓦盏盛豆油，用灯草数根燃点，故云寒缸。

校记：

[一] 尽，香港广宇版作『烬』。

[二] 山陲，香港广宇版作『幽闺』。

生查子

答谢题《灵珊词卷》及镂刻石章。

灵隐碧天云，珊美寒潮穴。篆石见君心，不逐风尘灭。绛彩佩丝悬，妍婉常为悦。玉暖蕙香清，自有芳菲节。

醉花阴[一]

恨雨凄风愁不尽，底识兰芽嫩？时计苦相催，绣阁芸窗，未许闲情分。回肠空有香纹印，抵死萦方寸。篆字袅烟长，肯惜清温，帘外寒成阵。

校记：

[一] 香港广宇版有此词，湖南人民版无此词。

菩萨蛮

云浓雾薄霜风细，依心[一]一点分明水。水面落花轻，微波弱不胜。　中天新月白，照影长相惜。银汉数星西，圆辉无限期。

校记：

[一] 依，香港广宇版作『妄』。

卜算子

小院月华来，流影深怀贮。共倚危栏百尺楼，暗把行人数。

含笑指青桑，灭烛重相语。拚得春蚕未了丝，织就君衣著。

蝶恋花

梧碧枫丹相见晚。一霎清欢，乍觉红尘浅。共倚危楼言款款，云间几把人间贱。

独立小桥风雨满。数尽行人，脉脉生悲怨。泪眼愁波分寸乱，思量只合芳韶短。

水调歌头

罗袜熨阶冷，蟾影隔林疏。倚栏独立无语，似听素娥呼。常恐凌波归去，剩得秋云如水，千里月华孤。寂寞瑶台路，惆怅复何如？寒宵静，银波淡，渺愁予。闲庭花影零乱，幽思远江湖。我欲风生翠带，携手灵妃一笑，星转万明珠。永伴清辉好，天地只斯须。

桃源忆故人

月明深院楼台静，风雨晚来初定。阶下兰芽待整，绰约摇芳[一]影。帘边袖底寒犹劲，怕向君前说冷。却弄梅花三咏，着意要君听①。

注：

①贵州玉屏县所制箫管，极负盛名。余有雌雄箫一对，闲时每吹弄之。

校记：

[一]芳，香港广宇版作『孤』。

桃源忆故人

但教留得清欢住，春去春来无与。柳叶双眉休聚，解惜知音苦。灯前莫把韶光数，惆怅销魂都误。拚尽一生凄楚，天地犹如故。

谒金门

山雨急，不敢问春消息。挼尽梅花无气力，湘帘人语密。

弄水微波溜碧，细草幽阶轻隔。翠幕深深寒恻恻，守窗儿到黑。

竹香子

相见翻成相惜，梦断最难将息。病来偏怯五更寒，欲起浑无力。　翠幕一灯深，小院轻雷急。此时怅望抵天涯，微雨纱窗密。

诉衷情

春来日日赏新晴，人语宝帘轻。罗襦初换休掷，风雨未分明。闲梦处，也心惊，最无凭。不如趁取，室[一]暖灯深，幽恨都倾。

校记：

[一] 室，香港广宇版作『佩』。

临江仙

小雨未来斜照淡，桃花柳絮轻飞。病来强
与睡相宜。断红零乱，都入燕巢泥。
睡起恹恹人不见，东风过眼皆非。不如待
取月明时。凭栏细语，罗带晚风吹。

桃源忆故人

小桃风绰飞蝴蝶，又是落花时节。望里芳菲都歇，流水犹呜咽。

愁多怕共他人说，说了也添凄切。听得一声啼鴂，真个肠成结。

锦缠道

燕子归来，不道旧时相识。乍相逢、怨愁如织，空山也问春消息。照影晴波，蓦地东风急。

怕西园浪蜂，轻狂似昔。更千花、妒人颜色。但细思、沉恨都无益，水晶帘下，独自鲛绡湿。

少年游

桃花纵逐，春光无准，犹似去年红。飘零纵是，杨花无定，终解认萍踪。朱颜嘉会，薄于花絮，此日更难同。料想从来，倚栏人去，花絮也东风。

好事近[一]

乳燕未营巢，飞遍画梁谁问？等是人间欢笑，算今生无分。　但教认取断肠时，春雨最难忖。话到分襟犹隐，怕君心愁损。

校记：

[一] 香港广宇版有此词，湖南人民版无此词。

谒金门

天色暝[一]，独自凄惶谁问？寒食春光无定准，落红深半寸。　不道罗缟新褪，帘外余寒犹趁。堤柳吹绵一阵阵，还当憔悴尽。

校记：

[一] 本句香港广宇版作『多少恨』。

木兰花慢

春来还恍惚，梦回处，欲成秋。怕天上人间，无端风雨，做弄闲愁。看云外，星河转，正横空万籁撼高楼。新柳系船难稳，芳韶过眼难留。

白蘋杜宇满汀洲，搴折恨无由。愿解佩湘皋，斫冰铲[一]雪，桂棹兰舟。万里登临纵目，望千帆，天际去悠悠。血泪不应挥尽，长江自古东流。

校记：

［一］铲，香港广宇版作『积』。

临江仙

湖上芙蓉初绽蕊，汀洲芳草萋萋。落红经雨未成泥。春归何处，枝上柳绵飞。

若到荼蘼花事了，今生不种荼蘼。一番好景觉来非。菱花镜里，犹自惜娥眉。

贺圣朝

惊寒损梦愁无着，听榆钱犹落。层云漠漠暗幽窗，误晓来诗作。　怨怀难托，羁情自恶，不若浑抛却。惜春甘作一生拚，怕杨花飘泊。

校记：

[一] 诗作，香港广宇版作『梳掠』。

蝶恋花

春意深深深几许。待说相留，没个长留处。柳色阴阴帘影暮，苔钱绿到门前路。记得留连闲院宇。记得风窗，记得叮咛语。谁把轻车真系住？凭栏[一]数尽天涯树。

校记：

[一] 栏，香港广宇版作『阑』。

如梦令

独抱一天岑寂，不敢出门望月。弄发只低头，解道寒蝉凝噎。凄切，凄切，千种思量谁说？

风入松

茜窗棐几[一]惯淹留，细语印新愁。生憎花影分明在，触心处、飞絮悠悠。深意闲随明月，孤怀暗傍高楼。　微凉着雨约帘钩，芳节梦中休。搴帷莫问春消息，指青梅、春已堪羞。独有多情流水，耐人一霎凝眸。

一九四〇年。

校记：

［一］棐几，香港广宇版作『棐儿』，形近之误。

江城子[一]

画楼风雨一番番，掩重关，奈春寒？咽泪相瞒，还恐损清欢。絮薄萍轻都不是，应只是，怨朱颜。　朱颜鸾镜两堪怜，惜华年，怕花残。翠幕灯深，独自抚空弦。天阔云闲人不听，弦欲断，露初团。

校记：

[一] 香港广宇版有此词，湖南人民版无此词。

锦缠道

不卷珠帘，人在画堂深处。任苔钱、暗侵朱户，空弦独抚愁无绪。汗渍罗裳，无那轻轻暑。

检红绡自惊，旧痕如许。尽争春、病怀难据。算从今、解惜人间苦，忽期归去，天上邀仙侣。

南歌子

莲意从来苦，秋怀待掩难。寻思只欲永相瞒，及至相逢翻被细猜看。远沽应无价，凌波亦是仙。月明兰影自娟娟，笑任侵阶凉露一团团。

好事近

夜久落灯花，未敢问伊消息。人意不如流水，任春归犹碧。　别来魂梦几回同，不道了无益。解道梦魂难据，怕窗儿先黑。

桃源忆故人

如何才了心期得？拚尽一生难必。多少东君气力，多少深深忆。

梦中省识春消息，百计千番寻觅。闻道去春无尺，梦影孤飞急。

蝶恋花

等是留春无好计。取次闲妆，耐得深深记。两点愁痕清镜里，年年多少东风泪？

长恐轻飞斜照外。梦影依稀，犹自惺惺地。拚却一生终不悔，一生了得心期未。

南歌子

珠露难论价，斜辉那不胜。争知芳草最无情？春去三分犹向旧痕生。

人意从如水，秋怀渐似冰。月华肯向雨中明？多谢相怜蜡泪小窗灯。

临江仙

不怕春来风雨恶，只愁花到蔷薇。小园香径独依依，满怀凄苦，怎诉与春知？泪湿花阴成久立，任他凉露沾衣。闲云次第未须疑。晓阴无赖[一]，依旧是春时。

校记：

[一] 无赖，香港广宇版作『无籁』。

浣溪沙[一]

碧簟生凉翠未移，齐纨散暑手频携。系人心是不多时。玉枕伤余无处说，疏栏[二]暖透没人知。帘风闲送雨丝丝。

校记：

[一] 香港广宇版均作『浣溪纱』，湖南人民版均作『浣溪沙』。

[二] 栏，香港广宇版作『阑』。

踏莎行

帘影遮灯，纨风散暑，晚来愁病平分取。
梦回无力整罗衾，闲听女伴殷勤语。
照影应怜，思量最苦，不如重向花前去。
南塘莲叶正田田，从他留你人间住。

惜分飞

多少亭亭开又落，多少凄凉寂寞。今日浑如昨，人情拚似秋云薄。
旧约从他都负却，有酒还应独酌。莫笑莲心恶，菱枯藕断轻丝绰。

杏花天[一]

述梦。身在贵州，记杭州旧游。

西湖依旧波光好，更依旧、人儿稚小。桃花红上夕阳边，草草。诉心期，也称早。

春在闲庭花意闹，最可惜、轻颦浅笑。荷香度水暖风微，悄悄。算吹残，午梦了。

校记：

[一] 香港广宇版副题作『记梦』。

踏莎行[一]

莲意还清，蕉心初卷，惊寒早觉红妆贱。

寻思未若梦魂中，心期得处常常见。

桃李先芳，幽花无绽，深愁暗傍林阴转。

可怜血泪一春倾，皇天不与东风便。

校记：

[一] 香港广宇版有此词，湖南人民版无此词。

惜分飞

月影依稀帘幕里，可惜眉梢眼尾。都做[一]思量地，梦余叵耐从头理。雾薄云轻风细细，无那沉思暗记。多少东君泪，愁端到了如何是？

校记：

[一] 做，香港广宇版作『是』。

醉花阴

到得思量都是旧，肯不思量否？也拟不思量，叵奈心期，还在思量后。　沉吟漫记思量又，便暗消清昼。争奈不思量，最是黄昏，最是愁时候。

玉楼春

灯前焚尽模糊字，焚尽闲愁闲怨未？汍澜蜡泪此时心，烂漫榴花当日意。

长因双袖双腮泪，懒话春来春去事。如今哀乐更难寻，哀乐如今能有几？

鹊桥仙

不言不语，无情无绪，一晌更无气力。寻
寻觅觅到黄昏，又独自凄凄戚戚。漫
凭曲槛，闲搴珠箔，望里春星堪摘。春来
莫问几多愁，问只问如何禁得。

一斛珠

怨怀无托，如今更有何人觉，惜春心事今犹昨。锦字书成，写了还揉却。浑未信、菱枝最弱，晚风疏雨花期恶，高寒独倚罗衣薄。别后都应，泪点和愁嚼。

临江仙[一]

翠幕灯深弦独抚，谁人肯信心期。愁怀深浅未教知。凭栏无绪，几处彩云飞。众里依稀闻笑语，只今哀乐都非。小窗蜡泪又低垂。徘徊永夜，争奈月明时。

校记：

[一] 香港广宇版有此词，湖南人民版无此词。

青门引

八月六日作。

此日还重度，不道别愁如许。晚凉悄共一灯深，听风听雨，听到断肠处。

谁人更解琴音苦？空对哀弦语。闲猜闲怨无据，除非见了从头诉。

踏莎行

罗袜寒生，疏栏[一]露湿，思量千种都无益。闲愁无计可安排，别来不道成轻易。山外云深，天阶星密，晚凉犹傍窗儿立。隔窗人语不分明，模糊往事从头忆。

校记：

[一] 栏，香港广宇版作『阑』。

锦缠道

憔悴如今，众里有谁怜汝？纵思量、有谁倾吐，有谁识得愁来路？可惜哀弦，强共空山语。　只瑶宫玉楼，佩环欲住。夜深深、尚寻仙侣。但凭谁、更把心期诉，病怀无据，怕向花间去。

惜分飞

残梦不堪今夜理[一]，几点凄凉别意。欲住浑无计，孤云踪迹原如寄。楼外轻雷生次第，可惜灯昏梦碎。烟雨能晴未？有人凝望空山里。

校记：

[一]理，香港广宇版作『里』。

鹊桥仙[一]

灯前泪墨，灯前笑语，哀乐几曾如意。娟娟月影透窗纱，便暗有、不眠人起。云鬟慵整，珠帘漫卷，翠袖高寒独倚。凭栏[二]若道有新愁，岂只在、眉梢眼尾？

校记：

[一] 香港广宇版有此词，湖南人民版无此词。

[二] 栏，香港广宇版作『阑』。因湖南人民版中将有『阑干』之义的『阑』字多改为『栏』字，此处亦改为『栏』字。

浣溪沙

游贵阳花溪[一]。

秋蝶依人款款飞，回廊荷影淡霏微。帘风约雨燕来归。欢笑都从别后减，言诠翻觉见时非。惊残断梦续犹疑。

校记：

[一] 香港广宇版无此小引。

好事近

拥髻向灯前，又是梦回时候。双睫盈盈揉了，认疏棂依旧。

别怀欲诉诉还非，惆怅独归后。可奈薄衾单枕，有微寒初透。

谒金门[一]

人又病，睡起那堪临镜。欹枕漫吟都不胜，孤灯寒照影。　几日画阑闲凭。幽恨更难重省。帘外秋声浑未定，断肠今夜听。

校记：

[一] 香港广宇版有此词，湖南人民版无此词。

浣溪沙

云影沉沉乳燕还，尘香泥润喜新椽。秋庭

凉叶亦缠绵。　断梦从教今夜续，风花

得耐几回看。敢因憔悴掩轻纨。

菩萨蛮

闲窗漏尽风敲竹，惊残断梦何从续？残月压重檐，秋声一夜添。

穿帘惊落叶，顾影真愁绝。亦自有心期，可怜人未知。

醉花阴

薄雾浓云生次第，小疾无端地。梦断忍思量，多少欢肠，都是而今泪。病中识尽愁滋味，省一番憔悴。翠被不胜寒，簌簌风窗，几树秋声起。

踏莎行[1]

天外横风，长空断雨，无端都到楼高处。
病中分恨上黄花，新来憔悴还如许。
镜影昙华，莲心泻露，人间一霎能留汝。
抱琴真个梦中来，问君还肯相怜否？

注：

①一九四一年秋，数度患病，恹恹欲绝。后经遵义乡间老中医治愈，体亦转健。奇事可志。

锦缠道

惆怅秋来，天末[一]冻云常黑。独惊寻、西风消息。朱栏夜凭愁如织。待月桐阴，冉冉罗衣湿。　听重檐露零，点点滴滴。冷清清、几人禁得？但时光、到此犹堪惜。二分秋去，真个成狼藉。

校记：

[一] 天末，香港广宇版作『天未』，形近之误。

点绛唇

寂寞清秋，秋声几点和愁住。白莲心素，羞共行人语。

照影相怜，没个相留处。浑无主，西风分付，只怕轻飞去。

点绛唇

薄雾浓云，春来常怕花枝改。晓阴无赖，日影花梢在。　小立[一]芳阶，却下风姨拜。些儿耐，欲开犹待，我自怜姿态。

校记：

[一] 小立，香港广宇版作『敛衽』。

谒金门

寒恻恻，病后却难将息。浅步回廊廊影黑，疏星还历历。

秋树西风狼藉，小院残花堆积。开落明年浑未必，教人争惜得。

念奴娇

疏棂寒怯，向灯前、检点年来词笔。哀乐当前浑未觉，叵耐而今追忆。新境曾经，旧欢不厌，梦景无端的。心期如约，一生真个抛得。

应念飞上青冥，东风曾许，借我些些力。不怕严霜秋后恶，黄叶朱阶堆积。却怕春来，馨花欲绽，风雨先狼藉。霎时凋谢，教人何处寻觅？

桃源忆故人

于润弟肄业于重庆青木关国立音乐学院[一]，受知于戴粹伦先生。今夏归省，返校时，戴先生已[二]离去。故枝敛翼，彷徨无依，蜀山岁晚，来书凄然。感遇成词，寄以慰之。

寒更一夜敲窗处，报得秋声如许。我自闷愁无据，遥夜还怜汝。柳昏花瞑重寻路，夜渡易成凄楚。帘外晓阴轻雾，莫道今非故。

校记：

［一］香港广宇版作『于润弟肆业国立音乐院』。

［二］香港广宇版无『已』字。

好事近

深浅说蓬莱，淡月暗窥帘幕。彩袖两行清泪，到思量犹昨。　寒依[一]修竹望秋星。露翠透衣薄。仿佛碧云深处，有玲珑楼阁。

校记：

[一] 依，香港广宇版作『歌』。

谒金门

香雾扑，湿了画帘罗幕。枕畔秋寒寒一握，殢人新梦觉。

病叶骤随风落，惊起翠檐双雀。小径疏篱霜欲作，了无红可落。

浣溪沙

寥落长空雁阵单，丹枫黄叶当花看，霜高雾薄一凭栏。

风静千家闻落木，梦回双枕荐新寒，伴人炉火夜深残。

菩萨蛮（十首）

十二月六日作。

一

去年今日初相识，焦琴试抚寒无力。哀怨未分明，有人着意听。灵珠留待赠，莹洁浑难并。宝匣暗尘侵，沉吟直到今。

二

空山兰蕙无人识，朱蕤翠叶空佳色。愁黛不曾开，莲心几度灰。知深疑是梦，泪掩鲛绡重。感极不成妆，风檐正薄霜。

三

平明乳燕惊飞处，春寒一阵欺花雨。归晚理乌衣，雕梁护惜微。　朱栏凭望遍，曾把人间贱。雨过一峰青，分明见远星。

四

芳韶细算浑难准，酒阑初把心期认。遥夜忆灯痕，灯深絮语温。　最怜今夜月，照影亭亭绝。未忍问庭兰，风高露欲溥。

五

芳韶未许从容住，闲姿别有萦心处。怀兔
一沉吟，霜寒半臂侵。轻妆和梦远，
争比寻常见。眉样纵如初，人情恰不如。

六

汀洲永日徘徊处，风裳水佩香无度。荷泪
不成珠，谁人论价沽。千金休论价，
乞取清闲夜。翠叶晚惊秋，凌波脉脉愁。

七

怀琴竟日凭栏处，也知此去无多路。倦鸟

不成归，荷香远更微。纨风惊粉蝶，花影重重叠。哀乐苦相兼，离愁一味严。

八

疏桐叶白纱窗晓，从今解识相逢好。断梦续犹疑，离愁诉又非。清秋千里霁，多少重来意。零落见丹枫，隔墙深浅红。

九

思量最苦秋凉后，兼旬小疾无端久。幽恨几回同，墨痕和泪封。隔帘风动竹，苔晕因谁绿？倚[一]枕小惊猜，灯花喜又开。

十

模糊往事重思忆，梦余惆怅偏无极。蜡炬忆前时，成灰总不辞。七星云汉上，一霎人间望。楼阁称玲珑，金栏隐约红①。

注：

①用英国十九世纪诗人[三]但丁·罗色蒂《幸福的女郎》诗意。

校记：

[一] 倚，香港广宇版作『攲』。

[二] 香港广宇版无『英国十九世纪诗人』八个字。

关河令

霜林落叶一阵阵，听北风凄紧。岁尽今宵，今宵争睡稳。无眠不是闷损，但斗觉、芳韶难忖。待数残更，如何更又尽。

一九四一年。

谒金门[一]

都是恨，挥断锦弦谁问？黄叶空林行看尽，故山风雪紧。　没个人心堪忖，没个人情堪信。寂寞生前原不论，心期悲未稳。

校记：

[一] 香港广宇版有此词，湖南人民版无此词。

一斛珠

泪盈双睫，低眸旋向君前说，只缘今日春风别。草草秾华，个个先春活。芳径里、秋香未歇，凭君护惜经年月，思量那必霜中折。争奈愁肠，兀自还如结。

桃源忆故人

阑干蜡泪窗前满，若比啼痕犹浅。倚[一]枕背人偷咽，一晌心情乱。药炉旬日常相伴，匀面梳头都懒。却把人情寒暖，一夜寻思遍。

校记：

[一] 倚，香港广宇版作『攲』。

谒金门

何以度，兀自昼长如故。多少隔窗欢笑语，拈来无是处。

毕竟春光难与，毕竟深怀难诉。残梦醒时千万绪，幽兰香一缕。

青门引

记得叮咛罢，尘事了无牵惹。相期共惜好花枝，馨香一袅，绰约芸窗下。宵来魂梦真无那，忽道花枝谢。也知梦境虚假，梦余偏觉担惊怕。

清平乐

药炉初沸，悄悄惊人睡。梦影沉沉灯影碎，一例冷清清地。

也知爱日难逢，桃花肯负熏风？休道春寒料峭，一枝红过墙东。

清平乐

拈花小坐，怪觉新来惰。推说春寒捉摸我，病里芳韶空过。　瓣香亲炷银台，也知天意能回。若保侬[一]身长健，争教心字成灰。

校记：

[一] 侬，香港广宇版作『妾』。

蝶恋花

清课荷衣经岁矣。志洁情芳，修得灵珠此。一粒莹圆君所恃，心期心感终无已。

百尺朱楼残照里，数尽行人，没个人堪寄。宝匣从今惟闭置，夜长莫令轻尘坠。

桃源忆故人

相思树底相偎共，心事欲言犹恐。泪眼丹唇才动，密意都曾懂。自甘忍此良宵冻，一任露华凝重[一]。往事是非如梦，但觉心窝痛。

校记：

[一] 香港广宇版作『消受相怜千种』。

清平乐

露浓花重，天际流星动。沙暖潮平江雾涌[一]，良夜绵绵来拥。旧欢新梦朦胧[二]，愁来倍觉心空。剪破人间情网，任他帘月玲珑。

校记：

[一] 江雾涌，香港广宇版作『悲一恸』。

[二] 朦胧，香港广宇版作『曚昽』。

鹊桥仙

红灯影里，欢情场上，偏有寸心如锁。但知无计拨神弓，一箭地、千逃万躲[1]。

愁丝如茧，恨丝如束，每怪自缠自裹。低声寻问意如何，却讳道、不曾真个。

注：

①西方神话克比德（Cupid）为司爱之神。以盲目有翼之小天使为象征。持弓箭，有被其射中者，辄相爱悦。

惜分飞

欲去郊游难选伴，独去游情又懒。一晌因循惯，卷帘惊见杨花满。

拟把愁丝和恨剪，差喜留春有晼。小小心儿展，愿春长在尖尖瓣。

卜算子

触物不成欢，但觉心儿重。苦雨檐前点滴零，独夜愁千种。

倚枕镇无眠，一室灯相共。梦好原知是亦非，却愿由他哄。

点绛唇

一九四二年五月二十日〔一〕，国立浙江大学女生宿舍舍监王师仁女史服毒自杀。寂寞平生，一棺萧寺。真世之茕独无告者也。二十三日，往送葬，凌晨苦雨，百草不芳，同学相与论其生前事迹时，新土已隆然成冢矣。徘徊感咽，词以哀之。

闲话生前，忍看坟草青青长。念来悲往，恻恻荒途上。　极目寒山，触绪添凄怆。空凝望，白云如浪，争见明星亮？

校记：

［一］香港广宇版作『岁之五月二十日』。

荷叶杯

记得春前花发，如雪，芳径下成蹊。看花个个识花谁，众里转心迷。

风雨连朝吹打，才谢，零落委清尘。徘徊独有惜花人，相托恨无因。

应天长

惜春莫便愁如结，行见荷花开胜雪。那时言，重见说，终古馨香无断绝。算曾经，千万劫，信得侬[一]心如月。却怕碧云重叠，清光长似缺。

校记：

[一] 侬，香港广宇版作『妾』。

蝶恋花

天末层云长惨咽。不见青天，争见盈盈月？从古乌鸦憎白雪，人间黑白何须说。

但使韶颜终似昔，镜里分明，那怕千谣诼。倚立深更时蹀躞，苍苔露凝朱栏热。

桃源忆故人

人天万籁更深绝，犹自心儿呜咽。常是不眠时节，檐月明如雪。　寸肠一任千千结。心事未言先怯。今日世情浑别，那得倾怀说？

河渎神

端阳节有感。

春去正彷徨，如何便又端阳？花前顾影已神伤，那堪凋尽群芳。

生涯原只如飞絮，春光应似嘉树。两意可怜无主，人间一霎相聚。

水调歌头

人生有代谢，今古几欢哀。白云瞬息苍狗，奇变最难猜。但羡惠庄濠上，相悦相亲以解，语笑脱尘埃。万载此情在，流水见高怀。

千秋上，空怅望，独徘徊。只今人我睽隔[一]，心愿每相乖。世事模糊一片，何必强分黑白？适性即为佳。信得心期好，毁誉任安排。

校记：

［一］睽隔，香港广宇版作『冰炭』。

浣溪沙

雨罢荷塘返照明，麦秋天气几阴晴。教人何处觅芳馨。

明月不来虹彩散，晚风初歇露华凝。今宵独解惜流萤。

虞美人

昔年惯向芳茵坐，蝴蝶来亲我。宵来无意立松坡，但觉丝丝凉意透心窝。

侧身天地知何惧，萤火风前舞。只今万象不分明，待月楼头长自惜春星。

玉楼春

云深渐有秋凉意，望远情怀初似水。冥迷野火半山烧，摇落疏枝零雨洗。

苍茫暮色迢迢至，夜有微寒休独倚。空庭时复见流萤，绕井穿栏飞又坠。

浣溪沙

零落枫花不上簪，半枯萧艾向秋深。日斜暝色入高林。
时有微云悲过往，漫因薄雾怨来今。须知天气有轻阴。

满宫花

桂枝残，寒月蚀，惆怅两应无极。良辰美景纵无多，那便寂寥今夕。倦抛书，窗畔立，络纬井栏啼泣。和烟金穗坠灯盘，时有翠蛾[一]飞入。

校记：

[一] 翠蛾，香港广宇版作『翠娥』，形近同音之误。

清商怨

三春芳意未易了，爱隔溪小草。眼底青青，微风添绰约。平芜人迹悄悄，乍转首、雾迷尘道。仿佛归途，明灯天半照。

浣溪沙

重游贵阳花溪。

照影无端百感迷，水车辘辘湿人衣，闲听

松吹半峰低。旧迹重寻惊似梦，遥山

入望渐知非，人生到此不须疑。

卜算子

咏蜡烛。

蜡炬若愁心，夜夜煎熬惯。万象朦胧[一]入睡时，珠泪初成串。

不敢惜幽辉，即此长为献。玉体谁怜渐似灰？要使人间暖。

校记：

[一] 朦胧，香港广宇版作『曚昽』。

蝶恋花

手抚空枝相顾惜，才得心闲，花事如何歇？美景难逢交臂失，寸阴弹指多虚掷。

辰景参差无可说，惘惘归来，扶上层楼立。遥望始知天地窄，遐方星月如新国。

一九四二年。

惜分飞

国事艰危，心忧人民涂炭，有作。

斗帐余寒深夜酷，忽自心儿瑟缩。漏断西风续，暗中那敢明红烛。小院焚香亲祷祝，愿乞皇天赐福。愿把身来赎，人间何处堪荼毒？

校记：

［一］小院，香港广宇版作『敛衽』。

好事近

天国在人心，何处更须寻觅？随意路旁花草，透初春消息。　小园香径日徘徊，生意偶然得。独立拈花微笑，与飞仙曾识。

清平乐[1]

愁丝千缕，缠裹朝和暮。金茧层丝蚕自吐，犹解化蛾飞去。

谁怜世上浮名，望如郊野流萤。独夜更行更远，掬来光热无凭。

注：

①蚕成茧后，犹能咬破茧，化蛾飞去，人则作茧自缚，不能自拔。下阕说浮名如萤火虫，本是光热极微弱物，不值得追逐。

临江仙

钧天远梦才苏醒，恍然日上三竿。蜃楼象塔路漫漫，鸡啼浑未觉。山枕泪光寒。

仿佛轮回生转世，恼人情绪多端。春桃触目不成妍。理妆还自笑，何意乐花间？

虞美人

失群应似高飞雁，云海嬉游惯。侧身应似塔中灯，万里孤航黑海破涛行。人寰怅望空悲切，心瓣生双翼。翱翔化石补青天，但愿人心如练[一]永相牵。

一九四三年。

校记：

[一] 练，香港广宇版作『链』。

浣溪沙

一九四三年夏初，行将卒业于国立浙江大学。会试前数日，追忆初心，瞻念前途，对一草一木，莫不依恋，怅然成词。

桃李芳菲曲径深，春风拂面一相寻，柳回青盼忆初心。

细蕊吹香迷蝶梦，彩霞流影上衣襟，徘徊空解惜分阴。

玉楼春

自序。

依[二]生原只如团露，独抱幽香荷叶住。池塘风咽有清愁，强忍长宵寒与苦。远村鸡动天垂曙，灿烂初阳惊一顾。分明点露夺隋珠①，争惜霎时身失处。

注：

①如得阳光照耀，露水也明亮如传说中的隋珠。然而须耐得寒夜。映日露水如明珠，纵使霎时消失，也不足惜了。

校记：

［一］侬，香港广宇版作『妾』。

玉楼春

岁之七月，行毕业典礼。将别诸师友，追往念来，词以寄意。

红稀绿暗春歌歇，影事前朝犹仿佛。小园
躞蹀细思寻，一寸丹心千结发。金笼
虽得长飞脱，梦里云山空万叠。不知何处
是栖枝，风雨深林惊落叶。

卜算子

秋八月，自遵义赴渝。未几，又返平越归省。九月初重上贵阳，前程待决，彷徨益甚。[一]心如无舵之舟，随风漂移。

无意入旋涡，顿失须臾我。莫怪天风吹锦帆，应悔舟无舵。

白浪夜淘沙，时有黄金颗①。江岸潮音动客愁，海燕衔泥过。

注：

①白浪，潮音，喻时间也，此言世间之真，惟时间可试证，人之成功，亦非偶然。

校记：

［一］香港广宇版小序止于此处，下文为湖南人民版所加。

河渎神

中秋夕，偕弟妹重游贵阳[一]南明河。中天月白，薄寒中人。顾此佳节，但觉心情惘惘。迥然非故，词以自伤焉。

凉月又盈盈，池荷翠影亭亭。旧时庭院旧时灯，恨无旧日心情。

眼底悲欢常似织，目断蓝天归翼。群动昏昏都息，孤怀惘惘何适？

校记：

[一] 贵阳，香港广宇版作『筑之』，贵阳别称为筑、金筑。

谒金门

自毕业后，心情怅惘。八月返平越。萱庭小住，众念纷息，因思人生固为一旅程，今乃至一驿站耳。

春已暗，滟滟绿波平槛。小泊轻舟初系缆，人生惊驿站。　入夜星眸微闪，照水荷开双脸。离合悲欢如橄榄，梦回还独啖。

浣溪沙

暂缺还圆月似霜，悲欢眼底只寻常，轻生乍觉昼光长。

一夕沉沦惊海日，十年憧憬忆天方，人间负我泪千行。

桃源忆故人

九月五日，意强决。七日，首途赴昆明。考入清华研究院为研究生。[二]自一九四〇年夏别昆，倏忽三年矣，湖山如故，怅然心惊。缅怀年内遇历，恍然在梦，因书此抒感。

重帏忆昔勤将护，犹自君前说苦。别后晓阴轻雾，不道寒如许。　舟行重到曾游处，惊见湖山如故。但记梦中花树，莫识愁来路。

校记：

［一］香港广宇版无此句，据湖南人民版补，作为补充说明。

一斛珠

暂逢还别，无情恰似天边月，若教聚散同圆缺。遮眼云山，那怕千千叠。　思往事、灯深语咽，依稀情景如今夕，镜台螺黛新抛掷。妆就蛾眉，浓淡谁能说？

蝶恋花

凝望蓝天心默祷。明月彩云，两祝长欢好。立尽桐阴秋悄悄，夜深萤火明寒草。远梦千山迢递到，回首微茫，旧迹难重晓。不恨西风摇落早，春晖但悔因循了。

浣溪沙

红紫东风次第开，百花过眼总相猜。寻芳心事已成灰。

长夜有情怜月侣，一春无梦到蓬莱。绿阴立尽几低徊。

点绛唇

拣尽寒枝，汀洲寂寞愁风露。夜阑绕树，绕树无栖处。　留得青山，有地能容汝。当年语，依稀忆取，蓦地心酸楚。

琵琶仙

十二月六日，岁逢阴历十一月初十。层云过尽，天色晴朗。昆明地势高旷，夜色绝佳，迥异黔境。小院彷徨，爱不忍寐。心有所触，恍然得此阕。

珍重今宵[一]，试看取、空碧冰轮寒彻。身影相伴清辉，人天共芳洁。应更惜、去年今日，笑谈里总关离别。一梦钧天，当时怎似，离恨休说。　愿终守、千载心期，任时序、匆匆换凉热。明月纵随灯尽，夜珠光奇绝。频忆起、临岐絮语，怪旧愁、惘惘难辍[二]。多少马迹蛛丝，那堪重拾？

校记：

[一] 宵，香港广宇版误作『霄』。

[二] 辍，香港广宇版作『惙』。

玉楼春

天涯莫道飘零惯，身自飘零心已倦。恍然辽鹤此归来，不见旧人空旧馆。偕游纵晤当年伴，笑貌虽亲神恐远。谁怜沧海劫余心，曾共榴花同烂漫。

归国谣

春意动，烂漫人间花万种。独立芳茵犹恐，春光原似梦。　受得几时欺哄，此时心转重。可待昼长庭空[一]，思量空泪涌？

校记：

[一] 庭空，香港广宇版作『烟拢』。

玉楼春

人生过境难回顾，哀乐追怀旋失故。远帆初泊碧波平，风定方知怜去住。

十年憧憬浑无据，情景当前常自误。迷途已是不堪寻，又看日移身畔树。

谒金门

除夜。

深夜矣，爆竹一声除岁。多少儿时痴绝事，纷纷重唤起。　拚就今宵无寐，炉火熊熊同醉。别有心头凉意思，众中谁得会？

一九四三年，写于昆明清华研究院。

少年游

愁心近似丁香结，郁郁吐清芬。萧条庭院，斜风细雨，谁为护深根。天畔寒星疏欲坠，胸际有微温。长跪紫藤花阴下，风露里，问前因。

生查子

妾有夜光珠，采掬经沧海。悱恻以贻君，奇处凭君解。

近偶失君欢，断弃平生爱。不敢怨华年，但惜珠难再。

生查子

低眉[一]归故居，泪雨临窗洒。缭绕炷炉香，相对愁如海。

一经秋，心力惫，独活何聊赖。合浦冀珠还，余日成期待。

校记：

[一] 低眉，香港广宇版作『敛眉』。

武陵春

坐弄丹铅销永昼，日晚倦思寻。空谷浑知指下琴，千载绝来音。　桃李窗前初绽蕊，春色正宜簪。身外闲愁若许深？冷落却，旧时心。

踏莎行

三月一日，自联大宿舍移居城中[一]太平街居住，环境幽雅，读书佳处。

翠竹当窗，茶花拂案，虫声新透春宵暖。

小楼客去读书时，照人残月光犹满。

身似飘蓬，随风流转，劳生小憩怜孤馆。

晚凉散尽一天星，寸心恰共波明远。

校记：

[一] 香港广宇版小序止于此处，『太平街』以下文字为湖南人民版所加。

桃源忆故人

见君憔悴疑君病，答语片言难罄。珍重眼前辰景，手摘鲜花赠。　春光未半瓶花竟，心意一时灰冷。天上人间谁省，待问无人应。

菩萨蛮

怀妹词（三首）

往日哀乐，每于静居回味中倍感怅恋。余有妹三人。幼长相随，游读与共。[一]一九三八年冬，余自桂林负笈昆明西南联大。当时求学心切，初未知闺中欢乐，竟难再得。然每夏归省，联芳楼上，犹得一聚。岁月不留，今两妹均肄业大学，雏燕分飞，相见益稀，独坐惆怅，感而赋此三阕[二]。

其一

怀二妹于璋，今肄业于[三]贵州湄潭浙江大学。

灯前忆汝偎人坐，夜谈珠泪常偷堕。情性最温柔，深居寡怨尤。　爱书如阿姊，慵问人间事。高志自堪嘉，前车覆可嗟。

其二

怀三妹于冬，今肄业于成都金陵女子大学。

桂林风物浑如画，惯相偎倚浓阴下。热泪每盈巾，共看《小妇人》①。　旧欢如梦觉，情味知何若？宛似蜀当年，楼空独惘然。

其三

怀四妹于燕，现居家。肄业于贵州平越高中。

春来知汝捐尘欲，夜深犹伴灯花读。闻讯喜难禁，空山惊足音。梅嫣楼阁上②，哀乐曾分享。别后汝身心，关怀直到今。

注：

①《小妇人》第六十六章Josephine（即蜀）于姊妹散后，在旧楼上，曾咏四诗云云。

②梅嫣阁为联芳楼之一室，时避难侨寓贵州平越[四]，吾姊妹之所居也[五]旧楼破蔽，原房东堆物楼，余戏以联芳楼与梅嫣阁称之，聊以解嘲云尔。

校记：

［一］此处香港广宇版多出一句『人曾誉如（Alcott）小妇人中姊妹』，于湖南人民版中删除。

［二］香港广宇版中无『三阕』二字。

［三］香港广宇版及湖南人民版中均漏『于』字，据上下文补。

［四］此句香港广宇版作『特寓贵州平越』，『特』字当为『时』字，与其繁体『時』形近之误。

［五］香港广宇版注文止于此处，『旧楼』以下文字为湖南人民版所加。

一九四四年三月。

水调歌头

程君慈晖，浙大同系挚友也。休戚相关，切磋多益。曾约今夏卒业后，来昆相聚。乃于三月十日病逝遵义。君怀抱俊爽，了无脂粉气，于外国文学造诣尤深。噩讯至[一]，痛惜之。

情深逾骨肉，梦觉只堪哀。低徊往事如梦，一一前眼来。绝忆风朝雨夕，几度相宽相慰，有愿永相偕。弹指天人际，千唤不能回。

痴心语，凭片纸，寄灵台。芸窗他日萦想，莫道总成灰。要使寒宵爝火，化作[二]明灯天半，光照普天涯。生死寻常事，泪尽独疑猜。

校记：

[一] 噩讯，香港广宇版作『恶讯』。

[二] 香港广宇版与湖南人民版皆作『化做』，湖南人民版多首词中『化作』与『化做』混用，今统改为『化作』。

忆江南

楼上寝，新月上弦明。独对已无人可忆，
更缘何处了余情？梦断忽轻生。

浣溪沙

雨后落花委地轻，云间依约彩虹明，凭栏渐久晚风生。

心事惺忪春渐远，韶华憔悴梦初醒，新来有泪未能倾。

归田乐

瓶花绰约书窗侧，人静暗香来袭。新浴晚凉时，诗页零星枕前译。深思竟日常沉默，岁月此中抛掷。忘了带围宽，忘了长夜将家忆。

蝶恋花

惜物新来殊有癖，落叶飞花，过眼难轻掷。我自天涯甘落魄，愿教天意人间识。

曙色未明寒月蚀，人海身藏，浮世堪长寂。独处但悲荆棘集，无人共我花间立。

浣溪沙

偶逐狂风入旋涡，惊涛急雨忽相和，扁舟失舵任风波。

咫尺蓬山深似海，轮回日月去如梭，江湖寥落此蹉跎。

破阵子

六月五日集宴，席终人散，悼念慈晖，怅惋成词。

席上三杯淡酒，怎禁半日凄凉？故屋独归人散后，冷雨清宵细细尝，银蛾飞扑窗。

一点鲜明记忆，于今深切难忘。别语离筵空昨日，弹指人天此恨长，追思神暗伤。

偷声木兰花

路遥散尽寻芳侣，极目苍茫迷远树。独怯流光，日暮春残道阻长。　平芜但自踟蹰立，细雨千山芳径隔。纵有归途，那便萦回访故居。

玉楼春

涉江闻说芙蓉好，万里关山劳远道。平芜望尽不逢春，但见秋霜摇百草。无边惆怅心头绕，梦里湖山轻雾罩。朦胧[一]夜色几回生，百尺楼高宁欲倒。

校记：

[一] 朦胧，香港广宇版作『曚昽』。

忆江南

衾枕乱，睡起没心情。梦里仙葩谁是主，尘中岁月漫相更。何以莫教醒。

浣溪沙

往事无端怨怨伊，偶闻断梦耐伊思，万般

惆怅叩心扉。　桃杏东风年一度，百年

都是几多时？当前只为太矜持。

忆江南

悼逝

心上事，梦觉没人知。夕照西沉留薄媚，
寒枝拣尽独成悲。何忍更相疑。

忆江南

心病甚，惆怅每无因。待月楼前花似锦，九回廊畔月如银。伫立但伤神。

玉楼春

九月三十日余自昆明飞渝探亲，时吾家已自平越迁居重庆。[一]，机身如舟，浮沉云海，阳光在天，薄雾在下，周旋往复，此境奇美，历二小时许抵渝，则渝地固已霪雨七日矣。

雾中不辨尘寰路，但觉身轻如过羽。绕人云气自氤氲，飒飒天风吹袖舞。

若教玉宇能长住，终保心清明点露。人间晴雨了无知，哀乐亦无寻我处。

校记：

［一］香港广宇版小序无『探亲』至『重庆』一段十三个字。

浣溪沙

应有秋阳散滞云，西风城阙夜霜新。藕花相向各伤神。

劫后谁怜身外物，兵余解惜眼前人。天涯行路暗酸辛。

忆江南

人散尽，阶下绿阴新。往事悲欢哀永闷，

寸心披沥惜余痕。深恨与谁论。

玉楼春

四山尽夜飘香屑，浓睡醒时犹未歇。隔窗无意一凝眸，别有清光齐日月。登临我欲餐芳洁，绝径山肩从跋涉。百年能几眼前欢，雪后高寒休便说。

写于重庆南岸黄角亚之『乔居』，桥梁工程处宿舍也。

清平乐

《夜珠词》将问世，书此有寄。

近来情味，远道难相寄。时若梦回中夜起，哀乐了无凭借。

但余诗页零星，犹留逝日心声。斗室无端吟取，尘封不惯重听。

一九四五年。

海贝词

采桑子

荒原无限凄清意，淡淡阳光。极目枯黄，

落叶盈盈欲满筐。凄清一似人心境，

独抚心创。酒后悲凉，隔个窗儿谁说将。

一九四五年重庆『乔居』。

浣溪沙

欲寄离愁纸半篇，近来凄怨总无端，非君

谁与诉缠绵。愿把才华还造物，换来

慰藉享生前，人间何处觅清欢。

昭君怨

炉畔几回思忆，罗帕初烘重湿。残烬似余情，总难明。门掩灯昏才寝，月影花光欺枕。心绪遣谁知，异当时。

更漏子[一]

晚妆明，春水绿，照影无端踯躅。胭脂泪，滞人鲜，海棠鬓上残。　暖还寒，晴雨继，又是去年天气。花树下，立多时，露浓任湿衣。

校记：

[一] 香港广宇版有此词，湖南人民版无此词。

虞美人

腊残岁尽春将至，蓓蕾含新翠。宵来皓月亦东升，人静犹移梅影上疏棂。任教往事随风去，肠断浑无据。干云纵乏上天梯，烛暗星斜去路未应迷。

采桑子

崎岖谁共驱前路，春雨潺潺。独上雕鞍，

踏遍青青草色鲜。　天涯倦后伤孤旅，

不语垂鞭。斗觉衣宽，剩有丹心似去年。

梁州令

心力空劳拙，目倦灯前书页。雨声淅沥复凄清，隔窗惊觉春消歇。凭谁解此肠中结，掩卷忧思切。端阳又近佳节，韶光如梦何堪说。

思越人

众星收，新月晕，人间浓睡沉沉。不寐双眸微倦重，凭栏似识天心。

花余红瑰开犹嫩，满园绿意相衬。一夕但愁吹蕊尽，夜阑独与深吻。

茶瓶儿

春深春残春逝去。山泽畔，行吟无据，独夜迷归路。一星如月，桥上空凝伫。桥下星浸光一掬。有流水，及时相语。肯为相留否？万荷倾盖，相候还如许！

忆江南

清泪尽，世我已相违[一]。失路初悲春畹晚，倦生苦忆百花时。心病更谁知。

校记：

[一] 违，香港广宇版作『遗』。

临江仙

抗日胜利之夕，余自渝市乘轮渡过长江返黄角椏[一]乔居。舟中目击女郎投水，浪卷潮吞，瞬息即没。词以哀之。

连雨嘉陵江水涨，风吹帆举舟轻。笙歌遥度隔江声。纵身沧浪，忽见影娉婷。

浪卷潮吞曾一瞬，为谁斩断尘情？阶前蝼蚁尚偷生。沉沦今夕，空冀是归程！

校记：

[一] 黄角椏，《玉楼春·四山尽夜飘香屑》中亦作『黄角亚』，今

通称为『黄桷桠』。

楼上曲

中秋有忆。

楼上团圆惊月满，剧怜佳节逢秋半。等是一年桂子芳，藕枯菱老新橙黄。

楼外笙歌听已散，水寒江静千帆远。千帆过尽总随伊，倚楼含泪有谁知。

人月圆

新来消瘦人惊怪，也拟强加餐。那堪连夜，圆辉胜雪，只自无眠。秋虫四野，笙歌隔院，都到窗前。声声叩我，沉钟记忆，尘锁心弦。

河传①

无端啜泣，长宵争奈，衾寒枕湿。似幻似真，近来空梦征程。似崎岖，犹胜昔。岂因力怯，良久山腰立，绝径猿啼急。客散路遥，可知刻意彷徨？怕山巅，尤冷寂。

注：

①登高山者，行过山腰，见相共喧嚣上山者渐渐散去，人迹稀少，小径听猿啼之声。继续攀登，则恐至山巅上更形冷寂矣。

浣溪沙

莫便灯前论永生，征轮倏见客程更。野荒去路未分明。

彩笔但期能绘实，灵心何必善抒情？百年劳拙总难凭。

一九四五年。

九张机

题小楼山房吟稿。

新词，春蚕制茧已堪悲。分明未尽缠绵意。须怜此夜，巴山月白，灭烛对言时。

望远行

题小楼山房吟稿。

映面花开惜早春，迤逦又秋分。年来踪迹等行云，花落倏逢君。　千载事，暗相期，月残灯尽星移。偶从天外起遥思，今夕共君最高梯。万象色垂曙，柳外一萤飞。

杏花天

踏青归去驱车晚，荒径外、萤灯万盏。侧行街市无人见，为爱轻纱蒙面。

似梦里、彩霞片片，凝视又被风吹散。微凉未觉生珠链，香露钿车湿遍。

忆江南

人静后，雨止一灯昏。潦倒何如真是梦，旖旎长恨梦非真。去日怯重温。

玉楼春

十二月六日有寄。

蹁跹初似辞巢燕，画阁雕梁凭望惯。不知天外雨如珠，但有干云心似箭。惊弓双翅怜轻颤，检点征程犹未半。寒枝露下待栖时，细识春温深共浅。

谒金门

如梦幻，读罢零星书卷。别见人间新境展，明霞如锦缎。

一自梦魂吹散，宛若纸筝断线。一日风惊千百转，不知天近远。

谒金门

何忍折，灌溉年年心血。翠盖亭亭相映接，娇红鲜欲滴。　闻道惜花一瞥，永保花容艳洁。凉夜西风生木末，相期常躞蹀。

一九四五年十二月，重庆。[一]

校记：

[一] 香港广宇版无写作年月落款。

谒金门

敬挽祖母大人。

灯影侧，惯说一生经历。最是中年沦火劫，丹诚能不灭①。善用少年心力，不做伤悲无益。爱我殷勤频视疾，欢言才隔夕②。

注：

①我祖母韩石渠太夫人，知诗书，有识见。年十四岁时，上书救父出狱，我祖父家奇其才智，为我祖父茅春台公婚配。祖母年卅六岁

时，夜中居室失火，焚及帏帐，毁其发肤，目盲八阅月，几欲自戕。我祖父尽心代为医治，始渐痊可。

②祖母体素强健。余患目疾卧床十日，祖母几天天扶杖亲来探视。元月三日，祖母上午尚与我欢谈达午，不意是日，祖母应二叔祖茅汉台公之邀，前往祝寿，忽患中风，遽尔仙逝于其家，享年七十五岁，时一九四五年元月四日也。

菩萨蛮

记梦（二首）

一

征程仿佛青山下，寒乌冻雀鸣秋野。踯躅女郎谁，郊荒独不归？　苗条单影瘦，暮霭千林透。黄叶满归途，崎岖可共车？

二

青天欲上无梯级，江湖欲渡无舟楫。钩梦忆前春，辘轲觅旧痕。　繁霜衰草径，记得春踪影。不到百花时，今生誓不归。

夜梦驱车城北，数里，忽逢女郎凝伫秋野，意甚不适。秋郊萧索，黄叶盈途，怜之邀其登车。女郎云伊之生实为百花而生，亦不知人间有秋。伊深信春必重来，故忍寒苦待，不愿归家。醒后感而作此。意者女郎之理想为春日，而不惜终生以待之耶。

浣溪沙

远渡年年梦太狂，缤纷皂影映朝阳，偶临春水惜容光。

刻意寻欢欢转薄，无言消昼昼偏长，胸愁万斛倩谁量？

一九四六年二月，重庆。

卜算子

我二妹于璋、三妹于冬四妹于燕均在成都华西坝[一]就学，余于三月十五日，自渝飞成都探妹。天境重温，飞机中口占。

身渐入青云，尘界迷边际。几缕阳光透小窗，赫赫酸眸子。

飞鸟不曾经，奇景混沌世。忘却微寒雾湿衣，细赏云游戏。

一九四六年三月。

校记：

[一]『华西坝』三字，为湖南人民版所加。

采桑子

锦城艳说风光好，桃柳千枝。莺燕双栖，
管领芳菲总是伊。　东郊望见君居处，
春水平池。情冷如灰，那得相看似旧时。

一九四六年三月，成都。

菩萨蛮

三月廿三日，余乘汽车自成都返重庆。离成都之晨，旭日初升，宿草凝烟，人谓我来去太匆匆，我觉来去皆值春光旖旎，较胜久留之见花谢去多矣。戏作此词，寄示诸妹。

平芜尽处升朝日，淡烟草雾溶溶白。此际别花城（成都素有花城之誉），欣欣万树青。

我来春尚早，我去春犹好。长此记春容，相思意万重。

菩萨蛮

万忧辘辘生长夜，愁肠辗转无依藉。犹冀梦来亲，慰情梦不成。

一庭风雨骤，苦把心儿揉。天旦在何时，迢迢未可期。

一九四六年五月四日，重庆。

荷叶杯

一九三七年八、九月，日寇进犯江浙，抗战军兴。时我父亲在杭州建造钱塘江桥将竣工。余九月与母亲及兄妹告别杭州。自此避难湖南、广西、四川、云南、贵州诸地，在西南联大、浙江大学、清华研究院外文系读书。一九四六年，余在重庆中央图书馆工作，五月随馆复员南京。随即陪同父亲重访杭州，看钱塘江大桥，放桨西湖，喜而赋此。

八载巴滇风雨，无据，赢得是秋心。易愁

易感易阴沉，分付到而今。 重见波光

如镜，留影，波静影分明。藕花深处话伶俜，能不惜今生？

一九四六年五月，西湖舟中。

临江仙

在杭州小住，与璋妹聚晤，时璋妹在浙江大学化学系学习。

不信年光如梦逝，轻舟重漾西湖。六桥烟柳似当初。微香檀扇动，泃沫彩鱼浮。

便此随波风举处，放他双桨须臾。月明爱伴藕花居。橹声灯影里，拾得旧欢无？

一九四六年五月十九日，西湖。

点绛唇

如坠泥潭，愈攀愈拔徒深陷。海舟相伴，谁遣今生见？一缕柔情，共话金桥畔。归途晚、丹心相看，万象同明灿。

一九四七年九月，美国旧金山。

人月圆

十年哀怨凭君语，泪咽更无声。蒙君宽慰，温情如海，赋我新生。清宵庭院，深林携手，喜见飞萤。心相印处，何须世外，即此蓬瀛。

一九四八年六月，美国圣路易城。

浣溪沙

昨约偕游晴或阴，日高消息尚沉沉。百无可遣是关心。

潦倒世人皆欲杀，怜才我意独沉吟。一从端节到而今。

浣溪沙

草浪如波慰寂寥，黄昏情话转萧骚。疏林淡月影娇娆。

别有轻愁怀祖国，那无新愿筑归巢。绕枝风雨正飘摇。

采桑子

赤诚只冀天能感，十载相寻。一线穿针，
密网层层缚寸心。　问天但听天无语，
一味阴沉。冷漠难禁，抵否温情沧海深？

荷叶杯

便道柔情似水，谁会，难话此时心。有时奔瀑泻岩林，泛滥抵江深。时或泉凝水咽，幽结，汩没散溪间[一]。浣溪人去水云闲，遮莫耐轻弹。

校记：

[一] 间，香港广宇版作『涧』。依词律此处当用平声字，以间字为宜。

清平乐

殿香双炷，虔问车前路。路阻更长云密布，惆怅寸心无主。

阴霾初见春辉[一]，灵签小字堪奇。不道两签如一，天涯同命相依。

校记：

[一] 香港广宇版与湖南人民版皆作『春辉』，《现代汉语词典》有『春晖』而无『春辉』，此处遵原貌不改以对应写作时语言习惯。

浣溪沙

何处人间是坦途，悬崖绝径赖相扶。好凭双手拔萧樗。

锦绣河山春旖旎，殷勤播种莫踌躇。须怜大地久荒芜。

浣溪沙

湖畔微风拂鬓青，田田莲藕照清澄，情波泛滥已难胜。偶触片言双泪坠，便因爽约百疑生，折磨何事欠分明。

浣溪沙

焚麝倾谈到日西，十年往事亦新奇。经声佛火两凄迷。

周末悲欢殊未测，众生哀乐更难知。从今珍重是心期。

蝶恋花

何必人间朝共夕，但约依时，可便陪君侧。眼底韶华惊过隙，等闲休误春芽茁。

珍重莫愁风雪色，记取丹心，光热为心力。千载轨途留并迹，恁时不负曾相识。

蝶恋花

拚却人间谗与媚，拚却繁华，知道浑无味。淡泊初尝清福意，一生拚向诗书醉。

况有楼头君共己，告我今生，休戚相关矣。百载荣枯何所计，明灯隐显藏真谛。

点绛唇

荆棘除平，峰回路见云开朗。碧泉佳壤，不负年时想。　记取同心，绝径无峦障。荒途上，叶青花长，人世留遗响。

卜算子

闲梦入荒郊，日薄霜华固。恻恻念来悲往情，踏遍清秋路。

爝火若丹心，知可燎原否？风劲寒凝独冀君，持此明天炬。

虞美人

不眠竟夜多新意，待说浑无计。一回相见转生疏，却道近来欢晤不如初。

商量每互怜憔悴，但劝加餐睡。更将温语祝明朝，鸟倦知还林表是归巢。

忆江南[一]

中夜醒，倚枕忆人时。秋雨霖铃鸣蟋蟀，寒灯黯淡照罗帏。不尽是相思。

校记：

[一] 香港广宇版无此词，湖南人民版有此词。

蝶恋花

早觉婆娑生意尽，敢梦今生，天遣心相印。几度途穷观白刃，慰情无计唯长吻。共把芳馨根寸寸，播种心田[一]，刻意勤耕垦。百载纵无枝叶分，但期花发如春笋。

校记：

[一] 心田，香港广宇版作『丹田』。

浣溪沙

陡觉人间秋意浓，藕枯荷残见丹枫。非君谁与话幽悰。
方寸世情寒暖外，轨途山半有无中。登临我欲听梵钟。

鹧鸪天

余廿六岁生辰感赋。

犹欲凭君挽退潮，我生如叶复如涛[1]。时来水逐漩涡转，风去枝随秋树摇。波撼撼，叶萧萧。投林徒羡鸟窠巢。素心永许陪朝夕，敢慕长生怨寂寥。

注：

①用英国诗人雪莱《西风颂》诗意。

鹧鸪天

近来哀乐似轮回，但觉言诠力总微。既往温寒鱼饮水，当前晴雨雾鸣鸡。摩顶愿，可相期。风高露重独低徊。寒枝三匝愁何限，欲搏层云比翼飞。

玉楼春

人生那得长犹豫，记我今朝花下语。回眸
惊顾彩虹消，弹指瞬怜昙影暮。莫教
辜负芳时序，便分空虚心底贮。赤绳忽欲
系斜阳，何必流光容易去！

清平乐

楼头人倦，又许来生愿。播种心情犹未懒，生世互为环链。

枯枝影落秋潭，夜空一味蔚蓝。别有双星如箭，飘然闪过山尖。

临江仙

顿觉吾生非昔我，宛然蝉蜕心惊！蜿蜒侧路见神灯。蹭蹬怜去迹，窈窕接新生。尘世寂寥沙漠旅，百年许共长征。团圆天意已分明。清狂欢未尽，感极泪珠盈。

一九四六年。

蝶恋花

誓把青春光与热，注尔熔炉，刻意千锤冶。心焰微微青不灭，清光皎似天边月。

已忍蛾眉千百劫，大业名山，莫便成灰屑。雪落四山寒已彻，深愁惘惘何能辍！

忆江南

问语低头终不说，最是近来，背人沉郁。年年处处苦相寻，相逢争忍负天心？楼头况值芳菲节。百鸟营巢，春至花重叠。我观百事等轻尘，人间唯有此情真。

一九四八年三月，圣路易城。

卜算子慢

生命似危舟，一舵相依系。双桨朝朝暮暮情，挣扎风波里。时惧海鲸吞，时惧狂潮至。稳泊何当遂意时，轻棹湖山尾。

鹧鸪天

知是春心唤不回，春蚕制茧最堪哀。应怜卵细难拼[一]石，悔梦天高曾借梯。曾几度，误佳期，添妆羞自理罗衣。孤飞从此东南北，留取臂痕再见时。

一九四七年。

校记：

[一] 拼，香港广宇版与湖南人民版皆作『拚』，依词律此处用平声字，今改为『拼』。

浣溪沙

城上高楼久伫临，明朝犹未卜晴阴。夜长
谁共话深心。腐草流萤仍照耀，过河
小卒只前寻。盘沙楼阁误如今。

采桑子

商量曾共营[一]新屋，圆木方砖。瓦盖泥椽，更傲双星比石坚。　一朝梦断随流水，地转天旋。幻灭无端，竹寺清钟欲悟禅。

校记：

[一] 香港广宇版作『筑』，湖南人民版改作『营』，依词律此处当用平声字，以『营』字为宜。

玉楼春

今生毕竟重相聚，是梦是真难觅语。一从去后似亡羊，惘惘四方迷所主。

不肖种种祈君恕，新结同心香永驻。含辛寄语牧羊人，去住长烦君指顾。

采桑子

重逢却似初相识，怯怯生生。恩怨难明，
别有晶莹双泪盈。　两心谁教重相系，
怕问曾经。余痛犹惊，但看月华冉冉升。

采桑子[一]

明窗今日重偎倚，似梦重归。似得新知，相看盈盈不语时。

那堪执手怜憔悴，两种情痴。争忍相疑，巢稳幽林又觅枝。

校记：

［一］自此而下四首词，香港广宇版均未收录，湖南人民版有之。

浣溪沙

霹雳砰然破梦醒，但知心碎患身存。米盐犹得计明晨。

相识似曾金约指，奈何无可臂疮痕。无边沙漠是前程。

金缕曲

自顾无良策。看更番、征帆将发，离愁如织。绝忆江干人送别，九月秋风萧瑟。共湍湍、海涛幽咽。只恐今生欢未必，镇凄然和泪相慰藉。千万语，心头抑。世途坦荡天门窄。枉年年、殷勤垦植，暗抛心力。往事梦回争堪说，来日茫茫睽隔。只天意、未知顺逆。异域只今成浪迹，忽前程眼底浑如漆。惟默祷，君安吉。

金缕曲

多少零星事。不思量、分明难忘，总存心底。别久愁侵饶身健，传语凭谁递慰？但乍觉、诗苗新萎。海石诺言留长恨，漫天荒地老为终始。回顾处，梦而已。人生细算真如戏。怎知他、匆匆聚散，匆匆相值。离合悲欢无常耳，闲日枉抛忧喜。虚待得、流光抛弃。寂寞如渊深何许，漏沉沉争奈人儿坠。窗外月，伴无寐。

浣溪沙

惭愧今生最后环，凭卿系我在人间。为卿生命可弃捐。

孤勇徒怜卵击石，小楼难忘誓重圆。仓皇此别总艰难。

一九四七年九月，南京。

卜算子

一九四七年九月十七日，余自沪启程赴美留学，于太平洋舟中有忆。

昨夜月明时，云净天如洗。万顷波深澄且蓝，宛忆君眸子。

长念久凝眸，问我忧何事。云月迢迢路几千，寄意凭流水。

一九四七年九月。

临江仙

一九四七年旧历中秋，抵达美国旧金山金门桥下，作于『海燕』舟中。

万顷云涛拥巨浪，水天一味澄[一]蓝。月轮今夜倍团圆。疏星偏闪烁，寻向暗中嵌。

已报繁灯知彼岸，蓬瀛旧事阑珊。长风吹我过惊滩。一舟从此去，艺海寄余欢。

校记：

[一] 澄，香港广宇版作『蔚』。依词律此处为平声，以『澄』字为宜。

浣溪沙

亦狂亦侠亦温文，人间未抵我知君。沉思到底意难平。梦隔重洋犹逼切，诗成无计付存闻。寂寥如酒益深醇。

水调歌头

执手似曾识，何必恨逢迟？今生谁遣相遇，秋夜畅谈诗。愿把廿年生命，换取昨宵相见，此意许卿知。感此缠绵意，眠食费禁持。　孤舟上，风雨里，可同归。千番梦里寻觅，天证梦非痴。惟念天涯羁旅，若有良缘牵系，争忍说分离。语默心犹颤，拥吻月痕低。

一九四七年九月，『海燕』舟中。

人月圆

初抵美国，处处新奇，宛如爱丽丝漫游奇境。

万千景物惊新换，疑是误投胎。旧时庭院，旧时人影，梦里重偕。

相逢纵是，梦中能必，敢不疑猜。匆匆问语，期期待答，又自醒来。

一九四七年十月，圣路易城。

点绛唇[一]

如坠泥潭，愈攀愈拔徒深陷。海舟相伴，谁遣今生见？　一缕柔情，共话金桥畔。归途晚、华灯万盏，万象同明灿。

一九四七年九月，美国旧金山。

校记：

[一] 香港广宇版有此词，湖南人民版无此词。

菩萨蛮

作于美国圣路易城，写于初抵美时。

街灯红绿迷前路，眼前景物浑非故。小立一凝眸，颇惊相识无。

秋园惆怅久，是梦醒来否？不尽是生疏，万般情调殊。

水龙吟

惊雷骇电无端，连宵风雨何曾歇。天阴一片，情愁万点，欲言犹咽。昨日悲欢，事如春梦，倩君休拾。念人生旅径，崎岖多舛，须怜影，同单孓。

共把心头深郁，付长诗、尽情宣泄。生花才笔，从今飞溅，永生潮沫。如坠泥潭，愈攀愈陷，已知难拔。只匆匆相遇，惺惺相惜，闷怀谁说。

满江红

圣路易城大雪，思念家国，有寄。

大雪初收，埋几径、圣城花草。凭窗望、教堂在侧，颂歌缭绕。来往街车梭似织，校园石树迷离小。看楼台、南北稳相称，玲珑巧。

风俗异，新习了。将旧梦，生疏掉。更诗书相伴，暗消年少。纸醉金迷干底事，索居面壁如荒岛。念家园、远望未成归，何时到。

一九四七年冬。

蝶恋花

余在华盛顿大学研究院攻读英国文学。圣路易城冬日大雪，城中雪景绮丽，如广寒宫内琼瑶世界也。

昨夜狂风摧万木，雪霰终宵，侵晓冰悬屋。

千树横枝垂冻玉，皑皑行路伤人目。

忘却羁愁居异国，万象生辉，伴我人幽独。

何必广寒宫内宿，人间此境难重续。

一九四七年冬。

虞美人

目成便已心相许，我独何能拒？芳龄恰是可人时，试问佳期五月可嫌迟？　　前缘万里红丝系，细韧颇难计。行踪也教似红丝，一任东西南北不分离。

一九四八年春。

虞美人

相知不觉春阴早，桃李枝头闹。几回携手问佳期，风雨绸缪何处觅枝栖。　便云我已如狂醉，百劫何曾畏？颠簸瞬息是人生，沧海同舟胜取世间名。

一九四八年五月。

人月圆[一]

一九四八年五月八日，与徐璇在圣路易城结婚，璇兄为华盛顿大学经济系研究生，昆明西南联大时同学。

谁教万里红丝系，海外结良缘。何期异国，相偕琴瑟，同度春天。琼英初蕊，幽芳待折，惜此团圆。今宵对语，纵非天上，宁似人间。

校记：

[一]香港广宇版有此词，湖南人民版无此词。

浣溪沙

遥寄南京于燕妹。

海外乡思苦又添，秋灯忆汝学南园①。荏

苒已是十年前。　良夜欢谈尝吐密，奇

书新意每同看。友于情挚倩谁传？

一九四八年八月十三日。

注：

①燕妹在长沙读初中时，喜临摹钱南园书帖。

谒金门

欣闻祖国即将解放，喜而赋此。

风劲转，碎石枯枝敲伞。街路冰封行者叹，雪花迷眼乱。　河水长堤流断，秃树栖乌寒颤。万象人间齐耐看，静聆春召唤。

一九四九年，圣路易城。

蝶恋花[一]

便道孤贞终不负，争便江头，抵过潮吞吐。
海内狂飙掀怒雨，滔滔尽逐洪波去。
潮退沙滩余蚌数，暖日溶溶，犹自濡干苦。
遗壳存珠心血铸，留连俯拾期行旅。

一九四九年六月，于伊利诺州立[二]大学研究院。

校记：

[一] 香港广宇版、湖南人民版均将此首置于《浣溪沙·海外乡思寄

已难》《好事近·消息半传闻》之后，今据其落款时间，按写作时间次序改置于上述两首词之前。

［二］原稿无『州立』二字，其后两首词落款中均作『伊利诺州立大学研究院』，今为保持表述体例一致而补齐。

浣溪沙

一九四九年五月二十四日上海解放[一]，与璇兄喜候船回国。

海外乡思寄已难，竹帘遮约去来间。于今消息作谜看。

故国春回新梦里，客怀顿改一年前。只凭风讯买归船。

一九四九年七月六日，于伊利诺州立大学研究院。

校记：

［一］遵原貌不改，但上海解放纪念日实为五月二十七日。

好事近

有人自国内来美，盛赞新中国各项政策。

消息半传闻，来客竞夸新政。都道这番嘉惠，到寻常百姓。朱门春去不须悲，花谢燕巢损。那有人间筵席，供君欢无尽？

一九四九年七月六日，于伊利诺州立大学研究院。

菩萨蛮

怀妹词（四首）[一]

一

旧书今日重温习，眼前页页惊重识。忧喜只寻常，回思趣味长。

天伦沧海隔，怅念人成各。关念胜儿时，儿时踪[二]不追。

二

怀二妹于璋。伊于一九四八年一月自沪来美国威士康辛大学读药学系。四九年夏来伊利诺州厄班那我家小聚。现肄业于佛劳雷达大学。

几回深夜谈无倦，殷勤今夏来相伴。海外益情亲，融融若一人。　丹心存济世，妙药回春意①。挥手劝加餐，佳音凭讯传。

三

怀三妹于冬，冬妹学习地理[三]，于四八年九月初来美，去玛丽兰德大学研究院学习。

一从圣诞欢谈后，相期几度劳空候。近况想清佳，新知差可偕？　用心参舆地，可解山川趣。但约买归舟，英伦共漫游②。

四

怀四妹于燕。[四] 余兄弟姐妹六人，天各一方。惟燕妹[五] 在南京金陵大学读书，父母膝下亦颇寂寞也。

今春海外音书断，潮音远报乾坤换。秋末信来频，信中语句新。

意新情愈切，回诵归心热。独坐忆遥方，故园燕在堂。

注：

①璋妹以科学方法研究中药『蛇米』，闻可愈男女不育之症。

②余有意偕三妹绕道英国回国。

校记：

［一］香港广宇版原有小序：『怀妹词，此数首词可与《夜珠词》内的怀妹词同读。』

［二］踪，香港广宇版作『纵』。依词律此处当用平声字，以『踪』字为宜。

［三］湖南人民版将前二句省作『三妹于冬学习地理』。

［四］湖南人民版将此句删去。

［五］惟燕妹，湖南人民版改作『惟四妹于燕』。

卜算子

词用希腊神话故事：普罗米修斯窃火种给人类造福，我则要窃取仙国花朵，播向人间也。

仙国盛芳菲，昨夜知寻路。窃取一天梦幻来，布向人间住。

大地许增春，朵朵奇花吐。倘被神知罪怒了，我自甘笞楚。

一九四九年十一月十一日，国际和平节。

荷叶杯

记得星繁涛急，无匹，新陆喜迎人。金门桥上万千灯，午夜似虹生。转瞬三秋都过，无那，看看近归期。感恩圣诞远离时，能不尔思维？

一九四九年十二月。

卜算子（二首）

余在美国学习英国文学，常以英、中文诗歌互译，久为一集，自名《移植集》。此两[一]首词试译英国十七世纪抒情诗人赫立克（R. Herrick）小诗两首入词调，似甚谐调。原诗题为《赠朱丽叶》。

一

萤火映[二]君眸，星点侍君侧。别有晶莹细目虫，故故与君昵。　鬼火莫君亲，蛇蝎莫君逼。去去君行坦且安，慎勿心惊怯[三]。

二

圆月睡诚酣，黑暗毋须惧。似烛天星亮且繁，为尔明今夕。　　于此望君来，我爱唯君识。静夜若聆君足音，预卜两心结。

校记：

[一] 两，香港广宇版脱漏此字，湖南人民版补齐。

[二] 映，香港广宇版作『明』。依词律此处当用仄声字，以『映』字为宜。

[三] 香港广宇版作『行行勿畏怯』。依词律此句为中仄平平仄，以湖南人民版所改之『慎忽心惊怯』为宜。

水调歌头

尘雾喧腾处，心远似荒崖。四方瞻瞩何事，闲日枉来回。我有一枝芦笛，欲倩春风聆取，歌唱不须催。百鸟翩来集，千丈彩云开。　幽怨处，似浅水，过滩岩。又如寒夜蛩泣，自裹自难排。安得宝刀名[一]剑，兼有英雄豪杰，斩此茧丝哀。余韵春风里，百里几徘徊。

一九四九年九月，伊利诺州厄班那城。

校记：

[一] 香港广宇版与湖南人民版均作『宝刀明剑』，联系下文兼有『英雄豪杰』，似以『宝刀名剑』配『英雄豪杰』为宜，疑排版时同音字之误。

采桑子

缪钺（彦威）吾师自成都四川大学来天津开会。十年阔别，不[二]期于南开大学会晤。时徐璇在南开大学经济系任教。我家住校内东村宿舍中。

何期岁月抛人去，十载而今。绿树成荫，一点分明惜寸心。

芳菲自有芳菲节，百卉争春。翠盖亭亭，行见白莲出水清。

一九五四年八月，天津南开大学。

校记：

［一］不期，香港广宇版作『未期』。

人月圆

一九五六年秋作于北京中关村科学院文学所。时中关村宿舍新创立，高楼突兀数十座，此处原为十里荒坟地也。

去年今日荒郊外，突兀起楼台。眼前惊见，千间华屋，庇我英才。十年树木，荫浓叶茂，妙手先裁。百花无语，芳心感戴，知是春来。

一九五六年十月，于西郊中关村。

水调歌头

西郊夜雪，高楼大厦，一片银白，宛如童话中之水晶宫殿。

周末进城去，归路雪漫漫。深宵握笔书案，寒重觉衣单。无意窗前凝望，十里琼楼玉宇，皑皑白无边。圆月散清影，静夜一轮悬。

荒郊外，从未得，似今年。繁灯华屋街树，大道直通天。况复春来秋去，多少新人新事，捷报喜频传。明日登临处，远景更堪看。

一九五七年一月十六日于[一]中关村。

校记：

［一］香港广字版无『于』字。

点绛唇

西郊迎春。

大地春回，一冬残雪君休记。山川佳丽，
沐浴阳光里。　六亿人民，共享团圞
意。勤耕织，百年之计，黾勉从今始。

一九五七年，春节。

踏莎行

大哥于越，大嫂史臻美携女为达[一]于一九五六年十二月自瑞士日内瓦回国探亲，诗以志喜。越兄在联合国国际电讯联盟工作。[二]

万里归来，十年阔别，梦中故国浑非昔。
分明眼底是京华，长安道上难重识。
绿化庭园，清幽新宅，双亲晚景殊安适。
但怜游子客他乡，今冬惜此团圞月。

一九五六年十二月。

校记：

［一］香港广宇版作『大嫂臻美携侄女为达』。

［二］香港广宇版无最后一句，湖南人民版有之。

好事近

京津途中寄璇兄。时余在北京文研所[一]西方文学组工作，节假日返津欢度。璇兄在南开大学任教。

小别不须悲，为有团圞消息。但念扶床儿女，尽牵衣情切。　岁寒松柏意长青，桃李徒佳色。忆起那时言语，觉心头微热。

一九五七年二月。

校记：

［一］香港广宇版作『文学所』。作者当时在中国科学院哲学社会科学部文学研究所工作，文学所、文研所皆为单位简称。

玉楼春

昨宵竟夜无眠意，检点十年诗卷字。其间几度寄相思，蹀躞东西成各自。妾心芳洁如秋水，暴雨狂澜都已退。盈盈天月最多情，照影似怜人妩媚。

一九五七年二月七日。

蝶恋花

赢得今生知己意，尽在诗篇，灯下还重理。惭愧年华如逝水，何曾酬得东君泪。

忽怪宵来光景异，心焰微微，似欲重燃起。应是新春回大地，百年之计从今始。

一九五七年二月八日。

蝶恋花

昨夜狂风如虎啸，北国尘沙，报道春来了。几度寒流浑过却，冰河解冻群鱼跃。

千里江山容远眺，水电乡村，顿改当年貌。行见百花争艳巧，枝头好鸟啼清晓。

一九五七年三月二十六日。

点绛唇

曾几何时，荒茔十里为街市。层檐飞翠，突兀楼台起。　柳眼青青，盼得春风至。春风至，欣欣生意，换取人间世。

一九五七年四月。

临江仙

白发几茎明镜里，令人半晌沉吟。中年哀乐易相寻。未能成一事，渐觉岁华侵。往岁崎岖鞭策意，都应分付而今。读书每至夜深沉。秋来天苦短，日日惜分阴。

一九五七年九月。

玉楼春

一九五七年阴历八月闰月，两度中秋，云消雾散，月轮皎洁[一]，写于父母家中。

一年两度中秋节，好景今年难共说。云消雾散月高悬，瓜果中庭添喜色。儿孙环坐慈亲侧，笑语喧喧声不绝。细思此境不寻常，风露中宵犹伫立。

一九五七年九月。

校记：

［一］皎洁，香港广宇版作『皓洁』。

卜算子

苏联[一]人造卫星赞。

天际见新星，讯号传消息。宇宙今宵待贵宾，来自人间客。　与日月齐光，灵巧浑无匹。建国于今四十年，卓越开功绩。

一九五七年十月四日。

校记：

[一]香港广宇版无『苏联』二字。

蝶恋花

北京西郊秋景佳丽，高爽宜人。香山枫叶红艳如花，是一年中游览最胜的时节。

已任绿肥红瘦去。又见西风，吹叶凌空舞。
十载殷勤成大树，如花枫叶多奇趣。
郊外秋光应可驻。山色宜人，眼底青无数。
莫待严冬来漫步，萧疏没个堪游处。

一九五七年十月七日。

点绛唇

题戴味琴（传静）姨娘照片，姨居镇江，任教师。

翠竹凌寒，琅玕还与人俱健。乱山石畔，独自凝神看。　一别江南，十载飘零惯。思亲眷，甚时重见，共把离情遣。

蝶恋花

西郊秋收，干部下乡参加劳动。余在文学研究所工作。去大钟寺与郊区农民同摘棉花。寒窗卅年，初次参加农村的农业劳动。

九月秋风棉吐絮，四出飞花，朵朵田间住。
暑往寒来操作苦，今朝采摘盈筐篓。
化作柔丝千万缕，制就冬衣，人世多温煦。
卅载书窗真自锢，涓涘无报生民处。

一九五七年十月二十七日。

鹧鸪天

一九五八年岁首书怀。

捷报频传一岁更，心如潮水久奔腾。修桥铺路须臾事，填海移山亘古情。除乱石，补深坑。人间坎坷亦能平。愿将似火青春热，化做天街万盏灯。

一九五八年元月。

校记：

［一］香港广宇版将此词置于《蝶恋花·晓出能无温室恋》《西江月·寄下放干部》两首词之后，湖南人民版据写作先后次序将其改置于《蝶恋花·晓出能无温室恋》之前，并删去《西江月·寄下放干部》。

蝶恋花

晓出能无温室恋，雪后尖风，触面如刀剪。

倚枕观书疑夜暖，不知檐外冰成串。

要与寒威拼[一]苦战，打井开河，众志凌霄

汉。填海移山非梦幻，千年贫弱惊初换。

一九五八年二月十五日。

校记：

[一] 拼，香港广宇版作『拚』，因其为繁体排版，『拚』为『拼』

之异体字，无误。湖南人民版亦作『拚』，因其为简体排版，不宜沿用异体字『拚』；且依词律此处当用平声字，『拼』字即为平声字，而『拚』字在简体排版时只能作为正体字读第四声，为仄声字，不合词律，岳麓版今将其改作『拼』字。

西江月

寄下放干部。

晓乘霜风下地，暮随星月归家。喜观黄土茁青芽，那管汗珠儿大。要使荒山绿遍，田禾艳似春花。暂辞书案学桑麻，计划年年飞跨。

一九五八年二月十五日。

蝶恋花

青春之歌[一]。

誓把青春光与热，注入镕炉，锤炼同钢铁。一点丹诚能不灭，青青炉火相催急。

献与万民齐着力，发热生光，永世无衰竭。每到今朝怀义烈，精忠莫负英雄血。

一九五八年五月四日，青年节。

校记：

［一］香港广宇版有此词，湖南人民版无此词。

桃源忆故人

夜来大雪，春寒特甚。

一场春雪欺花树，几日阴寒如许。故纸堆中寻步，都把平生误。　天公若与人为主，来世莫教空度。做个田家儿女，岁岁多收获。

一九五八年三月二十一日。

桃源忆故人

早春植树。

郊野一尘高万丈狂风起，望里黄沙无际。抹青翠，北国春来意。

喜看大地添佳丽，桃李芬芳成队。花木辛勤栽植，又作明年计。

一九五八年四月五日，清明节。

临江仙

回顾舟沉釜已破，孤身尚自因循。恍然登岸见新村。工农齐跃进，田野竞春耕。卅载书窗蒙哺育，涓涘未报蒸民。感恩誓欲共辛勤。迷途幸未远，鞭策赴前程。

一九五八年四月三日。

金缕曲

长夜难安枕。把平生、悲欢离合，梦回思忖。卅载书窗耽笔墨，枉把青春抛尽。浑未辨、道途危稳。利索名缰牵我鼻，到悬崖边际犹前进。难道[一]是，将身殉？迷途未远今方信。猛回头、潮平岸阔，前程似锦。双手推开名利锁，独往人群投奔。看露水、珠圆玉润。一滴霎时干涸[二]了，入江湖经岁无消损。同碧浪，共翻滚。

一九五八年五月十四日。

校记：

［一］香港广宇版与湖南人民版皆作『难到』，今据语境改为『难道』。

［二］干涸，香港广宇版作『乾涸』，因其为繁体排版，无误。湖南人民版亦作乾涸，因其为简体排版，乾字属繁体字未简化之误。

蝶恋花

一九五八年十月，文学所第二批干部下放，女同志十人去北京国棉二厂络经车间参加纺织工人的劳动。

忽做车间纺织女。机杼声声，相伴朝和暮。

万马奔腾尘土路，衔枚疾走难回顾。

又似江潮终夜语。机上飞梭，告我无停驻。

棉絮纺纱纱织布，辛勤丝缕浑如许。

一九五九年一月，国棉二厂。

卜算子

一九五八年十月，下放国棉二厂为纺织工人。一九五九年二月，转移到河北昌黎县后两山公社为果农。以后到县城内，住昌黎师范学校，编写《昌黎革命回忆录》共为期一年，词以寄璇兄。

再度月圆时，便可长相聚。风雪霏霏惜别时，倏已听秋雨。　冬月做工人，夏日学苗树。还将廿年革命人，载入英雄谱。

一九五八年八月十日于河北唐山。

点绛唇

夏日在昌黎后两山果乡公社果园内劳动。

果树园中，除虫浇水深翻地。朝阳初起，劳动人如许。

摘罢鲜桃，又见葡萄紫。秋风里，两山梨栗，共报枝头喜。

一九五九年六月于果乡公社。

玉楼春

《河北昌黎革命回忆录》题序。

总是昔年鏖战地，层峦峻秀如屏蔽。苍松翠柏满山间，难比人民忠义气。　革命从头回忆起，卅年无限英雄事。功成说与后人知，莫负艰辛开国意。

一九五九年秋九月。

点绛唇

大自然中，娱情风物多佳丽。此身何似，寄迹青山里。　小立青山，蔼蔼秋云起。思量地，远村烟渚，别有人间世。

一九五九年秋。

浣溪沙

南归（二首）。

一九六一年十一月十七日，余得假返江南一行。在镇江、上海、杭州均得小住。见故乡建设日新月异，无任欣喜。余自一九三七年离杭，一九四七年离沪去美国，一九五〇年返国始定居北京。萍踪飘泊，倏忽数十年。重访故乡，欢慰何似？

一

已是凌云展翅飞，此身今日得南归。故乡

建设喜新窥。　黄浦江头帆片片，钱塘

江畔柳依依。廿年阔别慰相思。

二

十日沪杭似梦游，故乡风物尚初秋。登临远景更无俦。访旧亲朋夸健好，赏新园景喜清幽。放怀纵酒此讴歌。

一九六一年十一月。

金缕曲

大业成孤注。叹这番、栖巢乍稳，倏惊秋雨。故纸堆中来寻步，抛得青春如许！曾苦练、几经寒暑。不道峰回天路窄，望那山犹在云深处。人不见，空凝伫[一]。弄潮何似船家女。乘长风、凌晨竞渡，白帆飞舞。岸阔潮平天如镜，万里晴波且住。浑未识、波涛险阻。网罟江心投撒[二]遍，便归舟，载得鱼无数。看岁岁，多收获。

一九六一年十一月。

校记：

[一] 凝伫，香港广宇版作『凝伫』，湖南人民版作『凝眸』。此词通押上声六语、七麌及去声六御、七遇四个韵部，伫属上声六语部，押韵；而眸属下平十一尤部，为平声，不合词律。依香港广宇版用『凝伫』为宜。

[二] 撒，香港广宇版作『洒』。

菩萨蛮

但教留得青山在，那愁镜里朱颜改。云鬓
纵如丝，苍松节不移。　夜深阶下立，
万籁无声息。不见月盈盈，寒空斗柄横。

一九六二年元月。

南柯子

读史偶成。

架上书千卷，寒冬更漏长。围炉夜读费思量。那得英雄把酒论兴亡。

青史多豪杰，德言志永芳。荣枯当代总平常，但教一生行径放光芒。

一九六二年一月末写成。

浣溪沙

一九六二年岁首感赋。

四十年间转瞬过，赤绳无计系羲和。寒窗何日废研磨？

诗卷渐愁佳句少，译书且喜案头多。少年心志岂蹉跎？

一九六二年。

水调歌头

一九六二年中秋后十日，余四十二岁生日作。在园林散步，忽见秋实累累，压枝欲断。因忆春日散步，繁花盛开，曾预祝其秋果丰收，至今果然。但反躬自问，已入中年，却一无贡献，不免惭愧，相形见绌。书此自嘲。

晚步入林下，园景喜清幽。一番炎暑初过，百果灿枝头。忆昔春风飘雨，独我徘徊芳径，预祝两丰收。花树解人意，几度绿油油。　若持此，相比拟，也应羞。晨钟暮鼓催送，有志未曾酬。检点庭前果实，颗粒伶仃无几，寥落不成秋。转眼寒冬至，何以慰绸缪。

一九六二年于[一]北京。

校记：

[一] 香港广宇版无『于』字。

水调歌头

一九六三年夏，人民大学组织赴北戴河休养十日。观沧海，阴晴不定，海常一日数变，愧无以状其奇姿。

海风吹我发，海雾湿人衣。海潮汹涌澎湃，独自立多时。昨夜月明如水，历历星辰罗布，灿灿满天辉。海水凝新碧，柔软若轻丝。

这旦夕，风云变，幻奇姿。惊涛骇浪无数，龙兽竞奔驰。望里濛混一片，直欲沙滩吞没，惟见海鸥飞。明早海潮退，珍贝欲贻谁。

一九六三年八月。

水调歌头

北戴河观沧海，海日将沉，奇彩愈丽。

海日将沉落，海水静无声。彩霞散乱天际，突兀眼中明。幻做湖山奇景，五色缤纷难辨，黄赤紫蓝橙。潋滟碧波影，夕照满沧溟。

这次第，看红日，益西倾。神光离合，装[一]点人世胜蓬瀛。几度登临观望，我欲羲和系住，何处觅长绳。回首秦皇岛，海岸万千灯。

一九六三年八月。

校记：

［一］装点，香港广宇版作『妆点』。

清平乐

母亲七十双寿志喜。

双亲健好，庭院添欢笑。寸草春晖光普照，膝下儿孙环绕。

金婚百岁相依，荣名千载同期。万两黄金易得，这般福寿难齐。

一九六三年九月十四日，阴历七月二十七日。

蝶恋花[一]

赠于燕妹赴山西运城参加四清工作。

誓把青春光与热，注入镕炉[二]，百炼千锤冶。炼就丹心坚似铁，向阳花发倾朝日。

炼就一身真胆识，千里征途，那怕崎岖绝。贫下中农齐努力，管教魔怪敛声迹。

一九六五年八月八日。

校记：

[一] 香港广宇版有此词，湖南人民版无此词。

[二] 此词前二句与作于一九五八年青年节的《蝶恋花》前二句相同，参见本书第三〇八页。

水调歌头

一九六七年清明节前，上八宝山祭母。词呈父亲并致于润弟、燕妹。

慈萱已长逝[一]，慈父叹孤清。双亲半世劳劬，抚爱愧平生。惟念天涯骨肉，寸草春晖难报，千里两关情。廿载生离别，一旦隔幽冥。

天地转，光阴促，旧巢倾。满怀愁绪难遣，风雨近清明。五十年间往事，长夜都来心底，哀乐几曾经。温语相宽慰，勉力致前程。

后记：

吾母戴传蕙患肺气肿多年，诱发肺原性心脏病，久治无效，于一九六七年一月十三日病逝京寓，享年七十三岁。福寿双全，惟念天涯游子于越、于璋、于冬三人旅居国外，廿载离别，无缘再见，为终天之恨耳。是岁清明节前书此，兼寄海外骨肉。

校记：

［一］此词首句，香港广宇版作『慈萱悲永逝』，湖南人民版改作『慈萱已长逝』，依词律此句为中仄仄平仄，以湖南人民版为宜。

人月圆

长女徐依协于一九六九年元月赴延安蟠龙公社插队，原北京女十二中初中学生。二月旧历除夕，初接其家书，词以代简。

蟠龙风物多新意，读汝远来书。年年除夜，依依膝下，多少欢娱。

延安圣地，青春光热，注此镕炉。何须犹豫，光辉四卷，照亮征途。

一九六九年一月七日。

瑞鹧鸪

赠小儿安泰[二]。

小儿习性喜钻研，事事追根究本源。洗相沉迷无昼夜，观书玩味废餐眠。良朋投合欢谈易，爱姐情深惜别难①。苦学年年为革命，险峰绝顶好登攀。

一九六九年十一月。

①安泰时在北京五中初中学习，一九六九年元月送大姐依协赴陕西插队；同年十一月又送二姐娅平赴云南西双版纳水利兵团。友于情深，依依难舍。

校记：

[二] 以下多首《瑞鹧鸪》词，香港广宇版作为附诗收入集中，湖南人民版则列为词。后面不再逐一指出。

瑞鹧鸪

赠安泰。

一九七〇年三月，我家下放江西余江『五七』干校。家属住锦江镇。安泰时在北京五中学习，寄居外祖父家。是年暑假远来江西锦江探望祖母。璇兄与我均在刘家站干校劳动，休假日始回锦江。时长女依协在延安，次女娅平在云南。一家四散，匆匆聚晤，情何以堪。

而今离别只寻常，欢聚无端在锦江。千里探亲如梦寐，半年行迹太仓皇[一]。羽毛丰满鹏程远，弱马羸蹄道路长。儿女灯前成往事，草棚明月夜如霜。

一九七〇年八月，江西[二]。

校记：

[一] 仓皇，香港广宇版作『仓惶』。

[二] 香港广宇版有『江西』二字，湖南人民版则无。

瑞鹧鸪

江西锦江病中寄示安泰。

家人散尽余童稚，零落外家寄汝身。故屋迢迢忽梦忆，荒原漠漠且耕耘。天伦儿女成契阔，风雪柴门晤夙因。无可屏除城市恋，今冬卧病已兼旬。

一九七〇年冬，江西。

后记：

一九七〇年三月，我们夫妇与婆母一同下放江西余江县刘家站五七干校。婆母徐吴织已七十五岁矣。是时我家长女依协在延安插队，次女娅平在云南曼老水利兵团。小儿安泰年方十五岁，独在北京五中，寄居外祖父家，外祖母已于一九六七年病故，外家亦零落也。锦江镇距刘家站半日行程，是冬我卧病锦江，余体素弱，风雪柴门，情何以堪，此诗盖纪实也。

一九八〇年四月追记。

好事近（二首）

一九七二年春节，于美与于燕姐妹两家共九人返京探亲。于美、徐璇自江西，依协自陕北，娅平自云南；于燕与吕世传夫妇自湖北干校，其子吕锡京自黑龙江兵团；先后来京，与父亲一家及留京的徐安泰、吕锡春两孩欢聚。阔别经年，喜慈亲健好，诸孩无恙。词以志盛况。调寄《好事近》。其一致父亲大人和大家，其二记我家东城人大宿舍红楼小聚也。

一

珍重此团圆，远道经年离别。最喜慈亲健

好，更诸孩齐集。　著书满架慰平生，往事情深切①。行见桥梁新话②，共春芽萌茁。

二

珍重此团圆，窗外劲风飘雪。笑语喧哗灯畔，过今年除夕。　天涯明日又分飞，不道家如客。且去殷勤耕植，听春来消息。

一九七二年二月二十六日。

注：

①父亲于一九七一年写《蕙君年谱》一书，悼念吾母，兼述个人工作，约十万字。

②吾父拟写《桥梁史话》一书，资料已搜集不少。

瑞鹧鸪①

少年涉世履艰辛，心愿乖违闷损人。耕读寒窑时奋发，探亲南北远思寻。一冬团聚昙花影，四季轮回桃李春。未必轗轲长似此，石丛芳草自青芬。

一九七二年。

注：

①此词寄赠依协，期望她如石缝中的青草，富有旺盛的生命力，终

必能钻出缝来蓬勃生长。一九七二年，她拟投考大学，因『白专』而不被推荐。

校记：

[一] 似，香港广宇版作『如』，依词律此处当用仄声字，以『似』字为宜。

浣溪沙

次女徐娅平于去岁十一月自云南西双版纳返京探亲。两年阔别，一家五人始能在京小聚。今年三月初她又离京返兵团。余倚闾凄清，书此两阕寄怀。

一

独自千山万水行，风光如画展胸襟。湖山多丽遣离情。

欢语寻常难再觅，灯光如旧转凄清。红楼倚枕梦难成。

二

荒漠无边千帐灯，推车运土赶工程。滇云南望倍牵萦。生就宽宏豁达量，未能腾跃且爬行。奇峰应许汝登临。

一九七二年五月二十九日。

采桑子

北京西郊香山写景。

少年埋首书丛里，故纸堆中，误却春风。万紫千红尽梦中。

而今健步香山上，为爱秋容，映日丹枫。艳似春花二月红。

一九七二年十月于[一]香山。

校记：

[一] 香港广宇版无『于』字。

瑞鹧鸪

悼秦明。

秦明是安泰好友，十年来切磋琢磨，交往甚密，亲若手足。今年春秦明忽患前列腺癌症，医治无效，不幸于八月二十二日晚逝世，年仅二十六岁。其母秦振庭，北医儿科大夫，系血液专家，是我家好友。她只此一子，哀痛欲绝。

斯人斯疾太无端，况值青春正盛年。挚友情深难再得，但将哀痛寄诗篇。　革新图纸悲犹在①，家室寂寥愁未安。慈母为君肠寸断，哭君血泪未曾干。

一九七三年。

注：

①秦明好学，喜钻研，在烟斗木工厂搞技术革新多项。

永遇乐

一九七五年八月三十一日，二妹于璋偕妹婿汤堉孙回国探亲，阔别二十七年矣。此次伊二人自美国东部经巴黎飞来北京。首都机场相见，悲喜交集。念慈母病中倚闾不及相见，曷深悲痛！幸慈父健好，著作等身，兄弟骨肉，亦皆无恙。诸侄外甥，亭亭长成，兰蕙芬芳并茂。合家团聚，真如梦中，赋此寄感，并志侨务政策的落实。

万水千山，卅年阔别，终教团聚。最是慈萱，病中倚闾，望断归来路。恰堪欢慰，高堂慈父，频年偏多著述。分飞后、天涯骨肉，历经多少风雨。钱塘回首，江山佳丽，喜见繁荣处处。为有耕耘，秋来硕果，累累枝头贮。庭前春笋，渐成新竹，兰蕙芬芳乍吐。浑如梦、今宵相见，此情难诉。

一九七五年九月一日，归来堂。

瑞鹧鸪

敬悼周恩来总理。

花圈唁电致殷勤，世界惊闻殒巨星。为国为民身尽瘁，反修反霸义全伸。碑前松柏银银白①，梦里仪容故故亲。万众悲怀同悼泣，哀歌一曲动京城。

一九七六年一月十五日于天安门广场。

注：

①人民英雄纪念碑前，群众以襟上白花插松柏树上，一时成为玉树银花。悼念总理的诗词纸片挂满树间。

瑞鹧鸪

喜安泰选拔入北京钢铁学院学习。

六年辛苦不寻常①，昼夜三班为炼钢。技术革新精研习，救灾抢险勇担当。温和体贴亲人意，好学恭聆师友长。喜看春苗移植地，殷勤嘉树可成行。

一九七六年十一月十四日。

注：

①安泰初中毕业后，分配入北京第三轧钢厂当工人，一九七六年选入北京钢铁学院学习。

瑞鹧鸪

三妹于冬去岁返国省亲，词以志喜。

丰容盛鬋似当年，笑语喧喧绕膝前。心地晶莹冰比洁，孝思纯朴玉凝坚。倥偬难尽拳拳意，迟暮谁吟碌碌篇。几度京华伤聚散，直须珍重此团圆。

一九七七年一月。

后记：

三妹于冬返国省亲筹划已久，始克于一九七六年十一月二十六日自美国洛杉矶飞返北京。我自一九四九年与冬妹在美国圣路易城一别已廿七年矣。伊出国已廿九年，今已五十二岁，但伊丰容盛鬋，望之若卅岁许人。此次系继越兄、璋妹回国探亲之后的一次天伦欢会，乐何如之。冬妹回家以后，日陪伴父亲，不肯废离，罢去各地旅游。伊孝思纯朴，惟以与家人对语为欢，惜欢会十九天即飞返美国。匆匆聚散，难尽拳拳之情。而逝水年华，自念碌碌无为，殊深感叹耳，书此志感。

一九七七年一月识。

水龙吟[一]

真从天外飞来，凝眸执手翻疑梦。谁人料得，长安道上，晨熹与共。三十三年，光阴恰似，未曾移动。喜别来无恙，殷勤造化，俱各自、多优宠。

灿烂秋容堪颂，对霜华、思如潮涌。婆娑两树，递经风雨，枝疏果重。此会无端，匆匆相见，匆匆相送。问何时能再，明窗净几，伴人吟诵。

校记：

［一］香港广宇版无此词，湖南人民版有此词。

浣溪沙（二首）

四妹于燕在科学院心理研究所工作。年来研究治疗发育不全的痴呆儿童疾病，颇著成绩。她有『千年绝症踩脚下，誓把余生献病儿』之句。余壮其言，词二首勉之[一]。

一

誓把余生献病童，休谓绝症古难攻。救人宏愿在心胸。

实地调研勤访问，些微疗效苦跟踪。万家感戴意重重。

二

救苦何妨访万家，千般痼疾费研查。年来劳绩已堪嘉。　为有丹诚存济世，岂能坐视空嗟呀。高峰绝顶赖攀爬。

一九七七年九月一日。

校记：

［一］香港广宇版作『词以勉励之』。

玉楼春

寄呈成都四川大学缪钺吾师。

十年未敢通消息，总为乌云能蔽日。案间积稿看成灰，心焰微微终不熄。重舒彩纸重挥笔[一]，歌颂神州红日出。春[二]禾旱涝纵多灾，庄稼晚秋犹可植。

一九七七年九月五日。

校记：

[一] 香港广宇版作『拂花笺，挥彩笔』。

[二] 春，香港广宇版作『田』。

鹧鸪天

得娅平将返京消息。

次女娅平自云南调来河北省廊坊地区工作，经办三年，得讯办成，欣喜不寐，为赋此词，时她已在云南八年矣。

八载忧愁一旦抛，煎心夜夜复朝朝。滇云望断关山远，孤女天涯斗志高。

三载事，历辛劳。终教倦鸟得归巢。中秋初有团圞意，喜约嫦娥[一]尽美醪。

一九七七年九月十九日，初得廊坊讯。

校记：

［一］嫦娥，香港广宇版作『姮娥』。

踏莎行

今岁喜长女依协、次女娅平两女归来，娅平已在归途中矣，依协已在北京师范学院物理系任助教。

秦岭烟迷，滇南云乱，八年离散多忧念。
未知远别有穷期，徘徊永夜思量遍。
白日放歌，青春作伴，联翩双燕归飞晚。
旧巢风雨几安危，今朝迎汝欢何限！

一九七七年十月七日。

菩萨蛮

示依协、娅平、安泰三孩。

灯前姐弟同欢语，浑疑梦里来团聚。八载各艰辛，友于情益真。

妖雾今扫净，汝亦趋佳境。为国献良材，殷勤亲手栽。

一九七七年十月二十三日。

浣溪沙

重读冰茧诗词稿，寄呈缪钺吾师。

箧底珍藏卅七年，空山谁解艺幽兰。馨香瓣瓣独鲜妍。

皎洁茧丝怜缱绻，清莹月影惜婵娟。梦回掩泪读诗篇。

一九七七年十一月十五日夜。

菩萨蛮

喜于越兄、臻美嫂携侄女为达自瑞士回国探亲，于润弟偕弟妹过永乐与兰、蕙两侄女自沪来京团聚，词以寄感[一]。

天涯兄妹重欢聚，年来喜庆浑如许。骨肉遍三洲①，探亲作远游。　高堂多贡献，著作盈书案。春笋茁新尖，欣欣青胜蓝。

一九七七年十二月二十六日。

注：

①于越兄侨居瑞士，二妹于璋、三妹于冬皆侨居美国，我家骨肉遍及欧亚美三洲。自一九七二年以后，侨务政策落实，先后归国探亲。

校记：

［一］香港广宇版作『二弟于润暨永乐携为兰为蕙两侄女自沪来京团聚，诗以寄感』。作者于《海贝词续集》的小序中言及『喜欢用词这个诗体』，在多首词作及其小引中以诗稿指代词稿，以存诗指代存词，可互为印证。

东风第一枝

一九七八年三月，全国科学大会召开，词以颂之。

万古江山，千秋俊杰，中华辈辈人出。字模火药罗盘，桩桩史家称述。悠悠文化，都道是、世间无匹。更东方、风展红旗，天际卫星光射。

云暗暗，四凶肆虐。霞灿灿，一朝映日。早春盛会欣逢，英才满堂齐集。红专奋发，科技界、喜添双翼。莫辞难、苦战攻关，贡献毕生心力。

鹧鸪天

明志。

伏案谁怜紧迫情，鬓边华发已星星。译书喜达原文意，诗作初惊卷帙成。看果实，总零丁，补牢须趁晚来晴。还将浩荡平生志，步入长征万里行。

一九七八年三月二十五日，写于全国科学大会期间[一]。

校记：

［一］期间，香港广宇版作『时期』。

金缕曲

为五月八日结婚卅周年而作。璇兄以胶漆泥人，世代永为夫妇诗意见赠，感而赋答。

天意成佳侣。忆年时、海舟泊岸，寸心无据。携手金门桥上立，一缕柔情乍吐。别离际、初怜孤旅。锦瑟年华依异国，定佳期来岁春为主。花月下，共朝暮。韶华似梦惊回顾。比航行、波涛万里，片帆争渡。三十年间恩和爱，形影相随未足。

应惟有、丹诚如故。胶漆泥人他生约，倩红丝永系为夫妇。深夜静，感君语。

一九七八年五月二十五日作。

金缕曲

但愿人长久。此柔情、犹如岁月，又添些否？漫道江郎才思尽，词笔神来急走。直不欲、匆匆挥就。诗稿诚知终灰烬，早应该焚去十之九。都未忍，遽分手。

画梁雏燕新归后。羡长征、翩跹举翅，出巢时候。剩有楼头书千册，闲日吟玩左右。最难抵、心魂相守。细味平生清修福，纵寻常未必人人有。灯影侧，为君剖。

桃源忆故人

尘封旧事君休记，一度昙花清致。虽说春阴新霁，毕竟无根蒂。只应珍重相偕意，燕婉白头能几？再结卅年知己，不断情如水。

一九七八年六月。

浣溪沙

修改词稿感赋（二首）。

一

词稿[一]相随且自亲，悲欢离合了前因。删繁补阙费精神。　锦字从教留异日，素心永许伴晨昏。相知此意最怜君。

二

闺怨闲愁一扫清，相依一苇远航行。与君结伴得康宁。　斗室译书容切磋，艺林涉趣苦耕耘。欣逢新霁晚来晴。

校记：

［一］诗稿，香港广宇版与湖南人民版均作『诗稿』，然据两版小引均明言『修改词稿感赋』，故此处似以作『词稿相随』为宜。

玉楼春[一]

人间欢爱须深会，为有相亲无限意。自从结识到而今，三十一年心不易。世情洞澈谁似子，历尽险夷多少事。形神与共景常新，即此蓬瀛方外地。

一九七八年六月二十五日。

校记：

[一] 香港广宇版有此词，湖南人民版则无。

鹧鸪天

赢得人间知己情，何须身外逐浮名。湖山胜处游踪至，儿女灯前笑语盈。来世约，慰平生，百年好合影随形。诗魂自是无拘点，刻意寻求竟未成。

一九七八年八月二十日。

南歌子

喜娅平自考入廊坊师范中文系就读后，学业日进，词以勉励之。上阕盖自况也。

坎坷平生志，殊怜早岁名。卅年落寞作蜗行。得失谁评，积稿暗尘生。

空谷徘徊久，惊闻脚步声。盘旋陡峭是征程。好自攀登，更上一层层。

一九七八年九月二十二日。

临江仙

周末记事。

片刻别离犹寂寞，但聆斗室钟声。低眉握笔疾书行。诗思泉水涌，报答最深情。

傍晚归来琐屑语，灯明火旺欢生。共听儿女话长征。万缘今已淡，甘此坐温馨。

一九七八年十一月一日。

浣溪沙

李清照词英译卷成感赋。

今年十月，余试将李清照《漱玉词》译成英文自由体诗，共得卅四首。作为拙作《移植集》的一部分，为中西文化交流工作贡献绵薄之力[一]。

词卷译成感慨深，字斟句酌苦思寻。敢期信达古人心。

得使芳馨移海外，顿教殊色傲园林。千秋异域动歌吟。

一九七八年十月二十八日。

校记：

［一］贡献绵薄之力，香港广宇版作『贡献力量』，湖南人民版『绵薄』误作『棉薄』。

瑞鹧鸪[二]

欣闻译作等身齐，濡沫当年愿不违。卅载诗文飘零音问绝，一灯吟味夜眠迟。只恐因濩落亦成集①，温室芳菲恰满枝。循强努末，难从余烬觅光辉。

一九七九年七月十三日。

注：

①濩落，言不合时宜。此处言不合众赏的作品也编成集子了，后四

句喻自己的境况。此处表示个人愿奋起直追也。[二]

校记：

[一] 香港广宇版将此词列为附诗《七律·欣闻》。

[二] 湖南人民版将注文删减为『此言不合众赏的作品也编成了集子』。

瑞鹧鸪[一]

赠小儿安泰。

安泰在北京钢铁学院，今夏以材料系轧钢专业三年级学生考入该院金属物理系为研究生，词[二]以勉励之。

平居爱汝惜分阴，今岁研磨喜入门。滴水长流穿巨石，高山远望数征程。深窥堂奥直须进，幻见楼台未足珍。莫道康庄趋顺境，还应谨慎戒骄矜。

一九七九年十一月。

校记：

［一］香港广宇版将此词列为附诗《七律·赠小儿安泰》。

［二］词，香港广宇版作『诗』。

临江仙

赠长女依协。

忆昔心驰奔祖国，飞蛾扑向光明。卅年果实笑零丁。耕耘颇着力，荒歉愧收成。

喜汝天庭穷秘奥，巨人肩顶攀登。青云有路志初伸。剧怜妖雾散，奋翼远航行。

一九八〇年一月十九日。

后记：

长女依协于一九七八年夏考取中国科技大学为高能物理专业研究生。一九七九年十一月及十二月，美国纽约市立大学和哥伦比亚大学先后来华招考研究生。依协赴考，侥幸为两校先后所录取。壮志初伸，喜而赋此。此词上阕盖自况也，余自一九五〇年自美归国，匆匆卅年矣。

鹧鸪天

乔迁自贺。

一九八〇年三月中旬，人民大学城内住房调整，始得将旧居两处合并为一处。自一九七〇年三月我夫妇下放江西干校，流寓十年至今始得结束，词以志乔迁之喜。

十载颠波[一]风雨中，早春景色尚迷蒙[二]。经冬麦垅青青绿，初蕊桃花淡淡红。蓬勃意，与花同，乔迁恰喜乘东风。积尘重压书千卷，此日殷勤乍启封。

一九八〇年三月三十一日

校记：

〔一〕颠波，香港广宇版作颠簸，按词律首句第四字当为平声字，故以颠波为宜。

〔二〕香港广宇版与湖南人民版皆作『迷濛』，因《现代汉语词典》今已将『濛』字列为『蒙』字的繁体字，故此处改作『迷蒙』。

瑞鹧鸪

长女依协今夏将赴美国哥伦比亚大学物理系为研究生，诗[二]以送之。

十年几度送儿行，水复山重又一程。炼石补天怀壮志，扬帆出海喜新晴①。丹心莹洁诚堪贵，世事翻腾未可轻。顾我平生萧瑟意，何妨灯夜细叮咛。

一九八〇年七月八日。

注：

①依协于一九八〇年七月二十二日飞美，在巴黎换乘飞机转赴华盛顿。

校记：

[一] 诗，香港广宇版与湖南人民版均作「诗」，岳麓版依湖南人民版将其列为词作，小引中表述为「词」较妥，遵原貌不改。

浣溪沙

一九八〇年八月初，与璇兄随人民大学教工旅游大连。[一]

卧听船头浪打声，舷窗曙色破沧溟，枕边有梦觉来轻。

共倚栏杆观日出，戏投饼饵笑鸥惊。海风吹面任舟行。

一九八〇年八月。

校记：

[一] 香港广宇版小引为：『平生爱海，居内陆，不易见海。一九八

〇年八月初与璇兄随人民大学教工，旅游大连、旅顺。北京、塘沽之间乘海船，舟中卧听涛声，作此以颂大海。』

河满子

浩劫过后，百废俱兴。冬尽春来，欣然命笔。[一]

倏觉流光逆转，欢歌叩我心扉。秋夜沉沉人寂寞，何来斗室春辉。蝴蝶庄生梦醒，风筝云际飘移。

伫立小楼一角，望中云树凄迷。红叶窗前添绮丽，彩霞散落纷披。不道斜阳夕照，作成如许光辉。

一九八一年二月。

校记：

［一］香港广宇版无此小引，为湖南人民版所补。

瑞鹧鸪

十年浩劫，雨过天晴，余霞如绮，归拨炉火，残烬犹明。晴窗重整旧业，继《夜珠词》之后又集词二百余首，编成《海贝词》集，书此寄怀。

还从劫后认余灰，残烬犹明火力微。细拨居然身渐暖，添薪转觉壁生辉。晴窗偶续芳菲梦，词稿[一]重翻故纸堆。一卷编成冬岁尽，绽花春雨细霏霏。

校记：

［一］诗稿，香港广宇版与湖南人民版均作『诗稿』，然据词意及小引来看，表述为『词稿』为宜。

昼夜乐

年华飘落秋风里，似黄叶，阶前坠。红花碧果青枝，不道三春如寄。萧瑟长空云黯黯，听阵阵、雁群嘹唳。日暮倚楼人，几多凄凉意。

也曾彩笔和清泪，写深情，绘佳丽。书城积稿尘封，一任虫翻鼠戏。湮没他年谁收拾，更谁人、夜灯重理。珠贝永沉埋①，寂寥人间世。

一九八一年十二月。

注：

①珠贝，指拙作《夜珠词》和《海贝词》。

金缕曲

卅载频回味。怅浮生、颠簸挫折，怎生由己。碌碌无为缘何事，辜负明窗净几。枉几度、餐眠空废。师友于今凋零甚，任才情泯没随秋水。风雨晦，盛年逝。

光阴已迫休追悔。待灯前、残篇断简，案头重理。乞就十年康宁日，应有寒梅再蕊。笑得甘露、枯枝还翠。馥郁芬芳凌冰雪，人间赏爱君为最。珍惜意，祈君会。

一九八二年。

西江月

小儿安泰于一九八一年五月得华盛顿乔治城大学研究院物理系奖学金，今年九月廿二日由北京赴美学习，词以送之。

历历儿时情景，溪流倒影迷离。天涯姐弟又相依，自在蓝天展翅。

强忍归巢寂寞，护花愿化春泥。犹凭余力做人梯，清课秋窗重理。

一九八二年九月于[二]归来堂。

校记：

[一] 香港广宇版无『于』字。

临江仙

重访美国。

父亲应美国全国工程科学院的邀请，于一九八二年十月二十七日至十一月二十五日赴华盛顿接受该院授予的『外籍院士』的荣誉称号。余得伴父随行，沿途照料。我于一九五〇年自美归国，今已卅二年矣。在美得与于冬三妹，于璋二妹一家以及长女依协和小儿安泰欢晤。归途中绕道瑞士，探望于越长兄全家。匆匆来去，归来堂中寻思，恍如梦寐，得词二首[一]。

一

廿六初来今六二，金桥神像依然①。重逢
姐妹话悲欢。慈亲身喜健，百劫寸心宽。
儿女欣然来做伴，熙熙盛会华筵。归
来堂内夜微寒。坐思如梦寐，聚散片时间。

二

瑞士风光如画卷，青山盖雪连绵。鸣禽彩
艇戏喷泉。莱蒙湖浩瀚，景色自天然。
绿草如茵随处是，深秋花树清妍。游人
携狗步悠闲。巍巍城堡影②，倒映碧波间。

一九八二年十一月。

注：

①金门桥：在旧金山，自由神像在纽约。[三]此次重见，依然如故。

②城堡：指日内瓦湖上锡雍古堡，十六世纪瑞士爱国志士博尼瓦尔被囚禁处。英国诗人拜伦与雪莱同访问过此古堡。石壁上留有拜伦签名，余得进入古堡并亲睹拜伦诗稿手迹，赞叹久之。

校记：

[一] 此为湖南人民版长序，香港广宇版多处略有不同，兹录于此：

『父亲应美国华盛顿美国全国工程科学院的邀请，于10月27日至11月25日赴美接受该院授予的「国外院士」的光荣称号。余得随行。我于 1950 年归国，今已卅二年矣，在美得与于冬三妹，于璋二妹全家，以及在美学习的长女依协和幼子安泰欢晤，归途中绕道瑞士，探望于越长兄全家。匆匆来去，归来堂中寻思，恍如梦寐。』

［二］香港广宇版注文止于此处，下文为湖南人民版所增补。

浣溪沙[一]

余自撰一联以自况云：『移树植花甘译匠，采珠拾贝乐词人。』记述平生旨趣，意犹未尽。今词集行将问世，欣然补成《浣溪沙》一首，聊志侥幸存词[二]之喜。

窃喜存诗未尽焚，增删修订意欣欣，静中笔墨自清真。

移树植花甘译匠①，采珠拾贝乐词人。轩窗韵味日深醇。

一九八四年元月。

注：

①余从事译事多年，小说、戏剧均有。另有中英互译的诗集，其中包括李清照词英译本，名《移植集》故云。

校记：

〔一〕以下三首词，香港广宇版均未收，皆为湖南人民版所增补。

〔二〕湖南人民版小引及上阕中均作『存诗』，据本词大意明确指的是词稿，表述为『存词』为宜。

满庭芳

一九八三年十月，长女依协回国探亲五周。璇兄与我携之同返故乡浙江海宁与江苏镇江。先去四川成都，重庆，取道长江，乘『东方红』[一]轮顺流而下，饱览三峡风光。历经川、鄂、江、浙等十一个省，行程达一万四千余里，真平生壮游也。依协返美后，寄回彩色照片多帧。词以寄依协、安泰，兼喻人生治学处世之境界。

满目琳琅，案间铺展，彩帧峡景纷呈。南人居北，乡里久牵萦。指点旧时踪迹，今回顾、岁月堪惊。舟车里、赁窗眺远，相与话平生。　欣欣常念汝，攻关异国，意气纵横。渐峰回路转，雾散霞明。爱煞重峦叠翠，从头迈、石径青青。凝眸处、遐方畛域，奇境胜蓬瀛。

校记：

［一］湖南人民版作《东方红》轮，岳麓版今将书名号改为引号，据查相关资料，长江航运管理局于1966年11月25日下达文件，规定长江航运公司所属客货班轮不论大小，一律改为『东方红』加编号命名。

水调歌头

夜珠与海贝词将问世。心血所铸，敝帚自珍，贡献人民，写此抒怀。

终得见天日，未许永沉埋。寂寥和氏珍璧，轻与拂尘埃。偶在寒宵玩赏，熠熠光生斗室，流影入人怀。谁信劫余物，遗落竟重来。

箧中宝，难自秘，怎安排？常思寄赠知者，相悦忘形骸。携往长街灯市，蓦地逢君寻问，顾此喜颜开。恍若神灵助，因果费疑猜。

一九八四年二月元宵灯节于北京。